无意识的
文明

The Unconscious Civilization

[加拿大] 约翰·拉尔斯顿·索尔 – 著
邵文实 – 译

John Ralston Saul

 南京大学出版社

THE UNCONSCIOUS CIVILIZATION By JOHN RALSTON SAUL
Copyright © 1995 JOHN RALSTON SAUL
This edition arranged with WESTWOOD CREATIVE ARTISTS LTD.(WCA)
Through BIG APPLE AGENCY, INC., LABUAN, MALAYSIA
Simplified Chinese edition copyright © 2019 Shanghai Sanhui Culture and Press Ltd.
Published by Nanjing University Press
All rights reserved.
版权登记号：图字10-2019-280号

图书在版编目（CIP）数据

无意识的文明 /（加）约翰·拉尔斯顿·索尔著；
邵文实译. -- 南京：南京大学出版社, 2019.6（2020.6重印）
（现代人小丛书）
书名原文：The Unconscious Civilization
ISBN 978-7-305-22094-4

Ⅰ.①无… Ⅱ.①约… ②邵… Ⅲ.①演讲—加拿大—
现代—选集 Ⅳ.①I711.65

中国版本图书馆CIP数据核字(2019)第082607号

出版发行 南京大学出版社
社　　址 南京市汉口路22号　　邮　编 210093
出 版 人 金鑫荣

丛 书 名 现代人小丛书
书　　名 无意识的文明
著　　者 [加]约翰·拉尔斯顿·索尔
译　　者 邵文实
策 划 人 严搏非
责任编辑 郭艳娟
特约编辑 谢小谢
装帧设计 COMPUS·道辙

印　　刷 山东临沂新华印刷物流集团有限责任公司
开　　本 787×1092 1/32　印张 8.75　字数 124千
版　　次 2019年6月第1版　2020年6月第2次印刷
ISBN 978-7-305-22094-4
定　　价 49.00元

网址：http://www.njupco.com
官方微博：http://weibo.com/njupco
官方微信号：njupress
销售咨询热线：（025）83594756

版权所有，侵权必究
凡购买南大版图书，如有印装质量问题，请与所购图书销售部门联系调换

"现代人小丛书"策划人言

20世纪60年代以后,全球资本主义进入消费社会时代,奥威尔在《1984》中预言的"老大哥"的普遍统治并没有出现,但赫胥黎所预言的《美丽新世界》欣然降临,人们生活在感官刺激的消费景观中,自己也欢乐地成为这景观的一部分而不自知。

300年的现代性给人类社会带来巨大进步,许多过去年代不可想象的权利和自由成为人类生活不可或缺的基本内容,但它的问题也伴随着这些进步同时裸露出来,成为这个时代不可摆脱的困惑。

"现代人小丛书"的作者是一群世界一流的知识分子和专家,他们从各个不同的与日常生活紧密相关的领域或问题出发,向公众提供面对后现代社会诸多问题的基本知识和批判性思考。它不是一套传统的公民读本，它讲述的是即便人们已经有了基本政治权和社会经济权，现代社会依旧没有摆脱的工具理性的"铁笼"命运，而生活在其中的人们，当如何面对这些命运。在残缺的人性和不够坚强的道德理性面前，如何坚持对一个好生活的塑造。

这套书是理解今天之现代性的批判性思考，它应该成为今日社会的普遍知识，以帮助每个现代人在今天的充满困惑的生活中保持批判的理性和审慎的乐观，以及，更重要的，保持并回归真正自我的本真。

献给我的父母

目录

001   前言 十年以来

011   第一章 大倒退

061   第二章 从宣传到语言

107   第三章 从法团主义到民主政体

159   第四章 从管理者和投机商到增长

211   第五章 从意识形态到均衡状态

257   致谢

258   注释

前言 十年以来

集体无意识的状态始终难以被评判。在撰写这些"梅西讲座"的讲稿时，我深信它们会引起震惊。毕竟，我是在以一种公众相当不熟悉的方式描绘西方的这一状态。我认为，尽管最后一次世界大战的结果赫然在目，但法团主义一直风头不减，持续增长。而这种增长还在继续。为什么这会令人震惊？因为法团主义不仅是法西斯意大利的反民主基础的构成部分，也是纳粹德国的反民主基础的构成部分。法团主义藏身于统一着装、军事野心、独裁领袖和种族主义之下。它是法西斯主义的知识基础。它理应于1945年与上述两个政权一起灰飞烟灭。

可以肯定，人们对这些演讲的反应显然是前所未见的。但这种反应不是震惊。对其更为准确的描述是**承认**。仿佛公众——不只是在加拿大,而且在许多其他民主国家——已经感觉到了该论点,仅仅是在等待有人将它开列出来。我猜想,这正是一位作家所要提供的东西。一种识别服务,一面镜子。

现实是存在的。人类需要一面镜子以清楚地鉴别它。

在表面上,承认这一局面是相对困难的,因为我的写作是在大多数被委以重任的精英都自信满满的时期进行的。这些精英们对社会问题和社会需求的专家解决之道的常规断言似乎相当不容置疑。人们对他们的功利态度抱有一种平静的肯定。

十年后,这种局面改变了吗?我可以想出两种可能的答案。

首先,存在各种各样的公民参与的新信号,其参与类型可以赋予以公民为基础的民主政体以真实的生命,从而破坏法团主义。这是个让人们感到乐观的好理由。另一方面——这也是我的第二个观点——法团主义本身甚至可能比以往更加强大。

※ ※ ※

我应当纠正我的论点中的一个重要细节——或是把它说得更准确一些。十年前，在涉及法团主义时，与我们社会对其的普遍承认相伴随的是一些误解。许多人认为严格意义上的法团主义——我正在谈论的这一种——仅涉及私有部门法人团体之权力。这并不令人吃惊。法团主义这一思想要么被忽视了50年，要么已经被降为政府、行业和工会之间持续进行的谈判中的一个三角概念。

事实上，作为更广义的哲学概念的法团主义——作为文明的一种可替代模式的哲学概念——已经被人遗忘。我们的社会将法西斯主义和纳粹主义简单直接地表述为种族主义和军事上的可憎之举。在这种情况下，我们多年来都倾向于清除民粹主义与法团主义的结合，因为正是这种结合使它们走向了权力，并将它们留在了权力的宝座上。我们清除了它们诱人的承诺，即赋予我们的民主政体以一个现代、高效、复杂巧妙、强调技术专家治国的替代品。可是，这正是听众和读者在《无意识的文明》（*The Unconscious Civilization*）中本能地意识到的模式。它是一种我们中的任何人都不曾学习过的模式,但大多数人都正在自己的生命历程中以这样或那样的方式体验着它的元素。

他们——我们——正在经历些什么?显然,我当时不曾认为,现在也不认为,我们正不可避免地回归法西斯主义,尤其是像我们初次经历它时那样。可是,我们四周充斥着迅速增长的种族主义的信号,这其中包括反犹主义的重新抬头,以及一种强大到夺走了许多日常民主生活之勇气的法团主义。近至1996年,伟大的美国哲学家理查德·罗蒂(Richard Rorty)——一个致力于适当的常识的人——警告说,法西斯主义有可能卷土重来。[1]我们所知道的是,法团主义,连同附着在它身上的种种问题,正在我们的社会中越嵌越深,破坏着社会的人性基础。

※ ※ ※

那种法团主义如何证明自身?

它鼓励一个形式大于内容的社会。一个管理重于领导的社会。一个私利得到奖赏而伦理道德被边缘化的社会。在这个社会中，决策成了一个狭隘的线性过程的组成部分，有违更广泛、更包容乃至横向的思维和行动方式。

智库——从大学到专家的世界——之三棱镜日益造就了我们社会内部的一种机能不良的知识和政治过程。我们不能以一种明智的方式在智库间进行沟通。在一个淹没在沟通方式中的世界里，我们却无法沟通。部分的总和要小于我们所认为的总体。

足以令人好奇的是，这种沟通上的无能却强化了我们的这样一种假设：法团主义是现代社会不可避免必须借之以运行的方式。我们认为，人们不能轻易改变的事情就一定是必然之事。专业化和职业化被说成是负责任的决策声音，因为它们似乎是唯一**值得尊敬的声音**。同样，它们代表了对公民智慧和公民在设定社会方向中的作用这两者的指责。

个体公民还剩下什么可担当的角色？执拗的沉默和悲观的民粹主义者的愤怒。简明扼要地说，当今日益兴盛的反智主义是封闭的知识精英主义的直接产物。民粹主义是法团主义而非民主政体的产物。

那么，什么是法团主义？它是一个社会的运行结构，在其中，作为团体成员的个体的存在公然凌驾于一切之上。个体的职业及其与特殊团体共享的利益要优先于其作为一个负责任的公民对社会的参与。于是，他的参与受到一种新型的阶层体系的限制。因为在所有的阶层体系中，关于你的位置的定义会自动缩窄你的责任。最显而易见的限制是，我们被劝说放弃以公民的身份全身心介入的念头。从许多方面来看，这都是种令人快慰的免责。投身其中的公民要冒当众受辱的风险，要有一副厚脸皮，必须倾听别人的长篇大论，必须学习如何使自己的信念和事业迎合他人的信念和事业。这之后的一个简单的事实是，公民参与会吞食你的时间。至于忠诚的法团主义者，他们则会有更多的自由时间留给工作、家庭和休闲活动。时常被误会为个人主义的自我放任是对那些放弃公民参与的人的奖赏。在积极履行公民权利的地方，我们被鼓励去接受法团主义所带来的较少麻烦的报偿。这是消费社会的嗜好，在这个社会中，对团体的忠诚得到激赏，而大声发表意见则是种使自己边缘化的方式。

我在讲稿中写道，我们生活在一个法团主义的社会中，民主政体是其软装饰。直至现在，西方民主政体的正式结构似乎已渐渐丢失越来越多的公民认同。我们从普遍而持续的投票率缩水之中可以看出这一点。当然,这种情况是可以扭转的。我相信情况将会如此——只要那些投身于类似的公民工作(如非政府组织)的人也致力于寻求正式的公共权力,这样的公共权力对于染指各种事实上的权力杠杆来说是必不可少的,而这种权力杠杆可以使你参与到对世界的改变中去。

更令人担忧的是民粹主义的兴起,或我时常所说的虚伪的民粹主义的兴起。为什么是虚伪的?因为我们如此深陷于一种民粹主义的复兴之中,以致少有人将之鉴定为一种深刻的反民主运动。"虚伪的"这个词将人们的注意力引向了民粹主义者的愤怒那令人生疑的自恃。为什么说民粹主义的复兴有可能是反民主的?它与20世纪30年代的原因相同。这种民粹主义涉及对权力的持续愤怒。这里的*权力*是我们无法将自身投射于其中的*他者*。

公民越来越被异化,以致看不到自己,未把自己想象为一个可发挥作用的公民,看不到或不尊重那些投身于公民权利中的人。在不发怒时,这种人显得麻木不仁。陷于异化逻辑中的个体可能既是法团主义权力结构的组成部分，对其特殊团体忠诚不渝，同时又对整体结构怒不可遏。其他新的因素是，当代民粹主义者可以轻而易举地成为高级主管、网络公司的百万富翁企业家、高级经理人或传统的被异化的蓝领工人。事实上，当代被异化的民粹主义者既有可能属于精英阶层，也有可能属于社会中最穷困或受教育程度最低的那部分人。

这种双重的人格体系所带来的安慰使民粹主义者不可能将自己看作民主政体的潜在敌人。法团主义与民粹主义的这种结合，导致了一个由勤勤恳恳的职业无意识构成的几乎不容置疑的层面。

不过，参与类似的公共运动——主要是非政府组织——的40岁以下的人的惊人数量是种信号，表明人们越来越不接受法团主义的陷阱。我们可以争辩说，参与公共生活的年轻人的比例从未如此之高。

不幸的是，非政府组织本身并未摆脱法团主义的诱惑。更多的情况是，它们被建构为它们所反对的事物的影子。这是它们的弱点。

非政府组织成员的优势在于，只要他们愿意，他们就可脱离其在法团主义结构之外的相对疏离的位置，进入主流的、民主的公众生活。他们可以将自己对公众利益的思考一并带进来。这是我们的民主复兴的最大希望所在，也是我们与深深破坏了由有意识的、负责任的、介入的公民所构成之现实的法团主义体系进行对峙的最大希望所在。

约翰·拉尔斯顿·索尔

2005 年 3 月 17 日

第一章 大倒退

"谁能比蔑视关于其自身之知识的人更为人所不齿?"[1]

一个真正的问题——一个寻找真相却仅期望找到真相碎片的问题——将历经百年而始终清晰明确,令人无从回避。索尔兹伯里的约翰(John of Salisbury)于1159年提出了这个有关自我认知的问题。正如你将会看到的,我在本书中将要谈论的许多内容都是对他的问题的扩充。

索尔兹伯里的约翰远非第一个将"值得经历的一生"置于自我认知的中心位置的人。自我认知也就是我们今天所说的意识。自我认知,值得经历的一生,个人主义,人道主义,文明社会。这一描述人类实验中最美好和最有趣的事物的术语清单可以非常长。

索尔兹伯里的约翰不仅不是第一位,而且12世纪的他被一群规模大得令人惊讶的作家和思想家所包围,他们遍布欧洲各地——其中许多人是僧侣或教师——他们忙于重新发现个体的概念,甚至首次探寻假如他(以及后来的她)愿意的话,现代西方个体有可能变成什么样。

无论当时还是在那之前,在所有这类质问中,没有一处属于被视为私利之单一、流动的核心的个体。作为当今之主宰的个人主义思想代表着西方思想的一种狭隘而肤浅的变形。这是一种对术语的劫持——既然个人主义是个核心术语——而且是一种对西方文明的劫持。

我将要在这五章之中做的其中一件事，就是描述那一劫持。其最终的结果将是对一个沉迷于意识形态的社会的勾勒：一种此时此刻正牢牢掌握在一种主导性意识形态——法团主义——手中的文明。对法团主义的接纳使得我们否定并破坏了作为民主政体中的公民的个体的合法性。这种否定的结果是一种日益增长的失衡，它导致我们崇拜私人利益，否定公共利益。法团主义是种声称理性是其核心品质的意识形态。它对个体的总体影响是，使其在重要的领域中被动和顺从，以及在不重要的领域中不顺从。

鉴于索尔兹伯里的约翰赋予友情和社区的重要性，我们很难想象，他不会提出关于社会之整体的相同问题——尤其是我们的社会，它是如此斩钉截铁地声称个体是其顶梁柱。

有什么比一种蔑视关于其自身之知识的文明更为人所不齿？

我要说得更精确些。我们的所有大学都在教导的，我们的智囊团不厌其烦地解释的，责任在肩的人在公共论坛上令人倒胃口地一再重复的是：民主诞生于经济学，尤其是一种被称为工业革命（Industrial Revolution）的经济现象；民主的基础是个人主义；现代个人主义也是工业革命的产儿。（这些声音中的一些不那么断然地肤浅的声音把某些功劳归于宗教改革，这只是使它们稍微没有那么不准确。）

20世纪后半叶的这些公认之见的关键是，我们长达2500年的文明的核心和灵魂显然是经济学，其他的一切都从那一核心流动开去，并且仍在继续流动。因此我们必须像对待市场秩序那样，忽上忽下地对待我们的社会结构。如果我们不那么做，市场无论如何也会那么做的。

这整个理论的唯一问题是，现代个人主义和民主政体的许多内容都在雅典找到了其生命之源，而这个时间要早于工业革命。两者都成长缓慢，且起伏不定，经过了一系列的关键步骤，直到12世纪，其步伐才得以加速。个人主义和民主政体的所有重要特性，都要先于我们这一世纪的关键的经济事件。更有甚者，正是这些特性使得大多数经济事件成为可能，而非相反。

我在后文中将追溯所有那一切，但让我在继续论述之前，先得出一个一般性的观点。作为一种说明性科学的经济学实际上是投机性调查的一个次要领域。计量经济学——经济学的一种统计性的、狭隘的、考虑不周的较低形式——是被动的修补匠，还没有汽车技工可靠和有用。这一领域唯一有些可靠用途的是经济史，而它在大多数大学都被降了级，甚至遭到淘汰，因为它与事件的关联使它成了现实的不幸的提醒者。

在过去的25年中，经济学已将自己提升至科学专业的层面，并且，多亏某银行一年一度的资助，出于对自身的尊重，它或多或少地硬是将一项诺贝尔奖塞给了诺贝尔奖评奖委员会。可是，在这相同的25年中，尽管经济学试图将其模式和理论应用于我们文明的现实之中，但它还是有目共睹地失败了。不是因为经济学家的建议未被采纳。人们怀着极大的尊敬之情亦步亦趋地采纳了经济学家们的建议。而从总体上看，经济学已经失败了。

一个"专业"既意味着真实的参数，也意味着对其建议之影响负有某些责任的业内人士。如果经济学家是医生，那么他们现在将身陷医疗失当诉讼的泥沼之中。

鉴于经济学与个人主义和民主政体的关系——我将在后文回到这一点，使细节更为充实而具体——我甚至不得不提出这一有关经济学之次要性的论点，这表明，我们的文明是种危险的无意识的文明。

我们不仅似乎缺乏有益的记忆，而且当我们确实开始准确地回忆时，它对我们的行动也少有影响或者全无影响。这就仿佛，当我们论及公共行为时，我们最大的愿望就是，使一种类似于老年痴呆症的综合征普及化和制度化。如今，西方国家中三分之一至一半的人口受雇于管理性的公有和私营部门。尽管拥有较历史上任何时期都规模更大、教育更为良好的精英集团，尽管我们对自身和周围事物的了解超过了此前的任何时期，我们积极地否定公共知识的用途。

在19世纪，阿历山德罗·曼佐尼（Alessandro Manzoni）在其伟大的小说《约婚夫妇》（*The Betrothed*）的开篇写下了我们现状中那些绕不开的反复之一："历史也许真的可以被定义为一场对抗时间的著名战争。"[2]但假如你否定现实，你就无法发起这一战争。如果你无法回忆，那么就不存在现实。

认识——即掌握知识——就是要本能地明白你的

认识与你的行为之间的关系。那似乎是我们所面临的最大的困难之一。我们的行为只与一些琐屑、狭隘的专家信息有关,这些信息的基础通常是一种错误的测量理念,而非对更大画面的任何认识——即理解。其结果是,虽然一个有见识的男人或女人会抱着怀疑态度谨慎前行,我们大名鼎鼎的、专业化的、主张技术专家治国的精英们却被一种孩子气的确定性蒙蔽了双眼。他们所售卖的任何东西都是绝对真理。为什么要将孩子气与确定性联系在一起?非常简单,正如西塞罗(Cicero)所言:"不了解历史的人注定始终是个孩童。"

罗伯特·麦克纳马拉(Robert McNamara)曾粗暴地断言,我们将会、能够且必须在越南战争中获胜,否则灾难就会降临到我们身上——他有数据来证明这一点;而当今成千上万的金融专家则粗暴地断言,国家债务将会、能够且必须被偿清,否则灾难就会向我们俯冲下来——他们也有数据来证明这一点。这两者之间,没有什么特性上的差异。

让我来为我们正居于其中的这一孩子气的状态做一个小小的论证。

有一种普遍的感觉:我们的文明处于长期的危机

之中。从政治、社会或经济方面都可以看到这一点。从每个角度出发，同样的危机都可以以不同的方式被看待。我认为，这一危机是在1973年具有了其实际上的经济形式，当时，第一波政治危机导致了一场石油供应危机。从那时起，我们一直处于萧条之中。它不同于1929年的那种萧条，但另一方面，萧条总是各不相同的。我们的萧条一直被软化和平摊，这要感谢在1929年之后被社会逐渐放置到位的救生用具，其目的是，当这样一种灾难再次发生时，我们能有时间进行调整和采取行动。在1973年，情况确实如此。现在，由于我们在过去20年中无力招架由失业、债务、通货膨胀和不真实的增长所构成的坚不可摧的锁链，我们已随波逐流地越漂越远，进入了一片冰冷、不友善且令人困惑的大海。那些处于权威地位的人——那些不在水中的人——的最新信念是，肯定的答案是割舍掉那些救生用具。

这也许可被称作一种孩子气的行为。或者是一种无意识，它是如此彻底，甚至到了愚蠢的地步。

这种信念何以成为可能？可以说，来自公共或私有部门的技术官僚内部的看法相对平静。这些地方的结构仍在扩大，尤其是在私有部门，尤其是在国际化的私有部门。技术官僚们已形成一种现在正支配着我们的社会的论点,依照这一论点,"管理"便等同于"行动",就好比说"行动"等同于"制作"。他们将这一论点放置在一种新的经济神话的基础之上。这反过来要依靠这样一些东西:对劳务经济的赞美,金融投机的合法化,新的沟通技术的经典化。

可是,"管理"当然既不同于"行动",也不同于"制作"。正如亚当·斯密(Adam Smith)所言:"有一种将主体的价值加于被授予之物的劳动;还有另一种不具备此种效果的劳动。"前者是"生产性"劳动,后者是"非生产性"劳动。斯密明显将管理放在了非生产性的类目之中。"一些在社会中最可尊重的等级中的劳动,如卑微的仆人的劳动,不会产生任何价值,也不会将自身置于任何永恒主题或可出售的商品中,或是在其中认出自己,这些商品在那种劳动成为过去之后仍在持续,并且为了它们,一种同等数量的劳动可以在那之后被促成。"[3]

当然,斯密是现实的:"但是,不存在这样的国家:在这个国家中,全部年产都被用于留住勤劳的人。各处的无所事事者会消耗掉其很大的一部分。"[4]他的论点是，勤劳者会生产用来资助整个社区的财富。无所事事者——那些未从事"有用的劳动"[5]的人——靠勤劳者为生。这包括心不甘情不愿的无所事事者——失业者。但他谈论的并不是他们。他们不处在会花费大量社会成本的地位上。

他首先指的是他所处时代的管理阶层——贵族、朝臣、专业人士、土地和财富的拥有者（他们以租金收入为生）、银行家，等等。换言之，他是在谈论我们的提倡技术专家治国的管理精英。它必定是存在的。但是，我们中的勤劳者能够支撑其中的多少部分？答案也许是，30% 至 50% 这个比重——我们社会的管理阶层的当下水平——太高了；要在萧条中保持经济发展，与金融和咨询产业共进退的商业管理——它们全都极其昂贵，且日益如此——是比任何过度扩张的政府服务都远为重要的因素。

你们中的一些人会惊讶地发现，我正在援引亚当·斯密的话，他是市场崇拜者和新保守主义者的神明。好吧，我之所以要引用斯密和同属当代右派之次神的大卫·休谟（David Hume）的话，是出于两个原因。一个原因是想证明，我们时代居支配地位的理论家们将其论点建立在对斯密和休谟的非常狭隘的引用的基础之上。他们严重歪曲了两人的较为平衡的看法。对斯密和休谟的为时已晚的、工业的、全球性的运用（它们现在正强加于我们身上），与两人中的任何一位在一种近乎前工业的、非常地方化的情况下加以谈论的现实并无关联。

许多人吃惊地发现，在一个整体社会被长期的经济危机明显阻碍的时期，这一管理精英阶层仍在扩张和繁荣。其实没有理由感到吃惊。在面对其自身在引领社会方面的失败时，老于世故的精英们的反应几乎一成不变地相同。他们通过营造一种人为的内在幸福感来着手在自己与现实之间筑起一道墙。法国贵族、绅士阶级和商业领袖对自身的满意度在其于法国大革命期间瓦解之前的几十年中空前地高。在一位又一位皇帝被刺杀、一个省接一个省被夺走之时，后罗马帝国的精英们却不断扩张，一心觉得自己非常重要。1914年之前的20年间的俄国精英们——传统领导阶层和新兴的、迅速扩张的商业阶层——处于持续的激情四溢的状态之中。

第一章 大倒退

使这种隐秘的幻觉变为可能的花招之一是,精英集团的规模和繁荣允许它将一种人为的文明的幻象整体内化。因此,我们认真对待的只有来自其自身的数百个——实际上是数千个——专业部门。一切都转向了内部参考。一切都被小心翼翼地加以测量,以使增长、就业机会的创造或任何可以被生产出的东西的"数量"激增。世界上没有真理,真理是由专业人士测量出来的。

几个星期前,我与一个西方国家的一位财政部副部长进行了一次长时间的交谈。他承认有那么多外面的人(他所说的这个词指的是精英集团之外的人)相信我们全都陷入了一场普遍的、无法控制的危机。许多人将某些责任归咎于国际金融市场,通过疯狂的扩张,这些金融市场眼看着已经衰退为漫无目的的大量投机,而投机的对象是与真正的生产没有关联的——也就是说,与斯密所说的"有用的劳动"无关的——反复出现的各级别证券。那位副部长说,问题是,这些新兴的金融市场机制中的每一个在财政体系内部都有其作用。因此每一个都是有用的。这不只是一种投机练习。可是,他无法将这种财政体系与任何意义更为广泛的经济或社会理念联系起来。

他还说，他本人来自一个贫穷的家庭，他一直表现出色，他的兄弟姐妹们也出类拔萃。因此他很难相信，除社会边缘以外的其他任何地方竟然会有危机的存在。他的家人的成功也许与1929年之后安置到位的救生用具（他和其他人正在抛弃的那些使人免于溺亡的救生用具）有关；以及其他那些不如他和他的家人那么幸运的人也许依旧需要依靠帮助才能漂浮在水面上。以上两个事实超出了他对社会根深蒂固的、孩子气的想象。

我们人人都可以看到有关我们的危机的统计，正像这位副部长可以看到这一统计一样——统计数字清晰而无情。可是，在报纸上、电视上、谈话中，它们却与我们擦肩而过，仿佛它们不是事实。或者不如说，仿佛我们没有能力将知识转化为行动。

我可以长篇累牍地向你逐一列举这些失败。让我只举出其中的几个，以证明现实那显而易见的无意义之处。

我将从最基本的说起。谋杀。我们中的那些追踪战争现象的人看到，在20世纪60年代初期，世界各地只有很少的一些小冲突，而时至今日，情况日益恶化，冲突已经超过五十起，它们全都是同时发生的，

第一章 大倒退

其中不少是重大的战争。人们普遍认同的统计数字是：每天约有一千名士兵和五千个平民死亡，且天天如此，每年共有两百多万人死去，在过去的三十五年中，死亡人数达到了七千五百万。保守的英国军事史学家约翰·基根（John Keegan）声称，自1945年的和平时期开始以来，有五千万人死于战争。[6]

不管怎样，这些都是记录在案的数字。它们使第一次世界大战变成一次小杂耍。它们使黑死病变成一个小笑话。总体上看，这些死亡并非能够轻易地被置之脑后，或者因为以下限定条件而放缓被提上严肃议程的脚步：上述战争主要发生在第三世界。无论你怎么看待那一正在被边缘化的修饰语，自冷战结束以来，这已经越来越不符合事实。

此外，这些暴力事件的责任很多在于国际军火贸易——我们这个时代最大的国际贸易商品。它的现代形式的始作俑者是美国、法国，而后是20世纪60年代初期的英国。剩下的所有人都在不久之后加入其中。先是西方，然后是发展中国家。冷战结束时，承诺过的和平分崩离析，烟消云散。武器贸易在大体相当的水平上继续着。如今，一位在理论上属于自由派的美国总统已经将一场旨在增加海外武器销售的新运动定型为一般性贸易政策的一个分支。

我们对这一切心知肚明。但知道这一切似乎对我们的无意识没有产生任何影响。

接下来是令人震惊的第三世界的统计数字。2000万年龄在4岁至14岁的儿童在务工。非洲中部的人的平均寿命是43岁,且日益递减。世界上有1/3的儿童营养不良。30%的劳动力处于失业状态。第三世界的债务危机仍未停止。这个数字现在大约是1.5万亿美元。

所有这些数字都让我们感到困惑、麻木、冷漠。这是毫无影响力的知识。

那么把焦点放在一个充满希望的了不起的个案上如何?比如墨西哥。根据美国和加拿大的精英集团向墨西哥公民做出的信誓旦旦的保证,墨西哥被抛入一个日益不受约束的北美贸易运作体系之中。我们被告知,墨西哥是个发达的民主国家,多亏一位锐意改革的、倡导自由市场的总统,墨西哥已经整肃了其行为,并且有能力按照我们的标准参与竞争。

几乎过了不到两年,那位总统涉嫌卷入针对他所挑选的继承人的暗杀活动中。南方爆发了内战,在那里，80%的人口每天的收入不足7美元。两年前由我们的精英们例行公事地予以否认的由政府引发的苦难，现在被例行公事地予以承认。在对80%的国有企业进行革命性的私有化之后，其结果如下：国家获得了210亿美元，而非使那个造成一场大规模经济崩溃的经济体稳定下来。从积极的方面看，这造就了约30个亿万富翁——全都是总统或执政党的朋友。不幸的是，如果你不是那30人中的一个，或者不是他们的朋友，墨西哥的实际工资在1980年至1994年之间暴降了52%。加上1995年时许多方面的崩溃近在眼前，1/3的墨西哥家庭已经生活在极端穷困之中。所有这些数字现在已变得更加糟糕。

虽然明知我们的精英对墨西哥的状况做了错误的陈述，但这一认知对美国和加拿大的现实政策毫无影响。我们埋头向前，仿佛两年前的幻觉一直是真实的。

最后，西方国家内部的危机又是怎样的呢？

经济合作与发展组织（Organization for Economic Cooperation and Development）提供的西方失业者人数的官方数据是约3500万人——也就是说，约为10%。十年来，这一数字没有出现大幅下降。而且对任何社会而言，这也是一种在财政上无法负担的排斥程度。换言之，没有一个社会能够长期负担失去占其总人口的10%的人的生产力。也没有一个社会能够长期负担对无所事事的10%的工作人口及其家人的生活资助。10%这个数字与我们实际的失业水平相比，也是个非常低的数字。在过去20年中，"失业"一词被不断地重新定义——在大多数西方国家中被重新定义了15次至25次——你知道，这是技术改良，为的是消除某些分类，或创造新的分类。其目的是使官方统计数字保持低位。真正的失业人数不是3500万，而是可能远远超过5000万。

尽管从左翼到右翼的一届又一届政府的选举宣言都是创造工作机会，但现实是，它们对应该怎么做一无所知。为什么？因为工作是生产链上的最后环节之一。如果你想工作，你就必须先研究、开发、规划、冒险、投入、建造、发展市场并开始销售。其结果也许最终是工作。可假如你相信，市场在控制所有那一切功能——正如当今的流行观点向我们保证的那样——那么，好吧，你不会得到工作承诺，因为你正在放弃对复杂的工作创造机制所承担的任何责任。无论怎样,当今的市场正处于消除工作阶段。

但我们的危机不只与工作相关。自由世界的领袖让150万人进了监狱:每10万人中有373人。这是15年前的两倍多。其比例仅次于俄罗斯。换句话说,有510万美国人在监狱中,或处于司法监控之下。这是1980年的三倍。

7500万美国人的收入现在低于1966年的水平。18%的人生活在贫困线以下。在1929年至1969年间,不平等的差距在持续缩小。从1969年起,差距则在持续加大。这不只发生在美国。在英国的大部分地区,最高收入与最低收入的男性工作者之间的收入差距是自1880年有统计汇编以来最大的。保守的美国历史学家爱德华·勒特韦克(Edward Luttwak)说,如果目前的趋势持续下去,到2020年,美国将沦为第三世界。[7]

预言仅仅是预言,但至少勒特韦克先生试图描绘这场危机的状况。至少他承认,*存在*一场深刻的危机。

所有这些数字,以及指向这个国家和其他国家的成百上千的数字,都是众所周知的。可是,它们对现实政策的影响可以忽略不计。这部分是因为,我们的精英把管理看作重中之重,且变本加厉。一位管理精英在进行着管理。不幸的是，一场危机需要的是思想。思想不是种管理功能。因为管理精英集团的规模如今是如此庞大，且对我们的教育体系产生了如此不可一世的影响，以致我们实际上是在教导大部分的人如何管理而非如何思考。我们不仅不会奖励思想，我们还因其不专业而惩罚它。这种对实用性——一种非常有限的实用形式——的偏好现在正蔓延到大学之前的基础教育系统之中。对暂时性的管理技艺和技术才能的传授，正在一点一点地挤走对基本知识的学习。

但对于这种危机的了解似乎影响甚微其实另有原因：处于上层的精英的收入持续增加，处于中层的精英的收入未曾减少。

正如亚当·斯密所言："在承认任何可观的财富不平等的社会的最粗蛮的（rudest）阶段，富人的权威……也许是最大的。"[8]斯密所说的"最粗蛮的"意为"最粗鄙的"（crudest），技术官僚、专家、经理和芝加哥经济学派的教授们不大常用这一词语来描述自身。不过，他们确实很乐于援引斯密的话。"最粗蛮的"也不会令人联想到高度的文明。

但假如一个人被局限在狭隘的知识和实践领域之

中，在大多数其他领域中拥有的是孩童般的天真，那还有什么会比这个人更粗鄙？这是可以解释我们的无意识这一临床状态的因素之一。

这种无意识的相关特性之一是幻想的出现——尤其是，对我们自身的荒诞不经的描绘的增多。例如，在过去几年中形成了不少新运动。人们想要成为新人，却还没有成为新人。意大利的新法西斯分子声称自己不是法西斯，但其90%的党员曾属于过去的法西斯政党。我曾亲耳听过他们的领袖詹弗兰科·菲尼（Gianfranco Fini）在伦敦对一群银行家、外交家和政治家发表演说。他拒绝指责墨索里尼。他的政策只是经过更新的、为管理唱赞歌的墨索里尼政策的翻版，由某个穿着和言谈（我指的是他的风格）都像个技术官僚的人加以陈述。他曾说："意大利已经从一个对政客一无所知的时代迈向一个政客被拍裸照的时代，就好像他们是演员似的。这是意大利已经发生改变的又一信号。"[9]好吧，实际并非如此。墨索里尼总像个演员似地被拍照。隐藏在墨索里尼的华丽言辞背后的是对现代管理和法团主义的痴迷。菲尼会当众跳摇摆舞，正如墨索里尼以自己能够和着最新的流行音乐当众跳舞为傲一样。这些都是政治风格方面的发明创造。不过，成为一个新人的幻觉使得菲尼躲开了法西斯主义的阴影，使他获得了大量的公共权力，又不必抛弃他的政党的传统政策。

新法团主义者们具有同样的问题，并且甚至获得了更大的成功。作为民主政治之替代物的法团主义运动诞生于19世纪。它主张，团体的合法性要凌驾于个体公民的合法性之上。

两个世纪以前，这种新的治理方式的近乎自然而然的初次展示随着拿破仑·波拿巴的到来而出现。拿破仑所做的不只是杜撰了现代英雄式领袖。他杜撰的是作为专家群体和利益群体之后援的英雄式领袖。民主政治被英雄式领袖与民众间的一种直接的、激动人心的关系所取代。于是，新的专家、官僚和商业精英们都心平气和地打理着一切。

黑格尔是最早赋予这种方法以思想形式的人之一，可追溯到1821年的《权利哲学》(*The Philosophy of Right*)。于是，在公民社会与国家间的"自然联系"的旗号下，中世纪行会正在传奇般地复苏。

法团主义的这一早期形式渐渐成为民主政治的唯

一严肃的替代物。它日益受到欧洲的天主教精英们的追捧。他们可以接受工业革命，条件是团体成员身份必须取代个人主义。只要作为公民参与的个人主义继续存在，它就必须受制于团体成员身份所施加的限制。许多此类团体显然是良性的，甚至是有益的。工会。产业业主协会。专业协会。这些法人团体不会在彼此的冲突中发挥作用。通过持续的谈判，它们将成为不具威胁性和对抗性的实体。这其中的一些系统由俾斯麦在19世纪70年代的新德国正式确立。但是，可以说，法团主义替代物的光辉时刻是在半个世纪后，在墨索里尼和诸如葡萄牙的萨拉查（Salazar）之类的其他各类独裁者的统治下到来的。

当今的新法团主义者最想避免的就是与这些令人不快的独裁者混为一谈。现在参与推动这种社会模式的大多数知识分子都是有着金字招牌的大学教授：遍布西方各国的政治科学家、社会学家和经济学家。可是，他们所倡导的——除了上代人的赤裸裸的暴力——实际上与早期模式如出一辙。他们提倡我们社会中的合法性的基本转变，即从公民转向团体。但他们没有这样表述。他们谦逊地说，要促进相互竞争的利益团体之间的关系。

然而，其影响将会比那深远得多。

事实上，我认为，我们已经非常接近于转变西方社会内部的合法性的做法。当今的实权掌握在新法团主义手中，而它实际上等同于老套的法团主义。

与新法团主义者紧密相关的新保守主义者相当与众不同。他们自称保守，可他们赞成的一切都与保守主义相左。他们自称代表了另一种社会模式，却只不过是法团主义运动中的弄臣而已。他们的焦虑中充满了弄臣所特有的痛苦和犬儒主义：他们在真实权力的宴会桌上抢夺着残羹冷炙，却从来得不到一把合适的椅子。

新法西斯主义分子和新法团主义分子在追寻权力的过程中都宁愿人们忘记他们的计划的内容。新保守主义者希望自己能够假装在进行一场具有重大历史意义的运动，同时却致力于某种相对短暂、自私和令人厌恶的行动。

迄今我所说的一切都围绕着一种面对现实时的显而易见的无能为力感而展开。我要说，折磨我们的是对现实的恐惧。"我们"是谁？坦率地说，在处于精英集团内部和外部的人之间，这种精神状态并无多少差异。我们通过自己的行动或行动的缺乏——特别是在最近25年——一致表示了对现实的否认。

问题是这种恐惧来自何方？它不只是对浪漫幻想的一种模糊的浅尝辄止。令我们痛苦的是对巨大幻觉的成瘾性偏爱。对意识形态的偏爱。我们文明中的权力一再地与对无所不包的真理和乌托邦的追求捆绑在一起。每当我们陷入沉迷之时，我们都无法认清自己的态度是在逃离现实，还是在拥抱意识形态。我们深信，自己正走在追求真理的道路上——因此正走在解决我们的问题的道路上——这种不可动摇的信念使得我们无法将这种沉迷鉴别为一种意识形态。

由其前所未有的暴力所部分证实的20世纪的历史表明，我们的沉迷正变得日趋严重。我们早先倾心于建立在帝国创建者之民族或种族的固有优势基础上的世界帝国之宗教，继而倾心于马克思主义和法西斯主义，现在，我们则痴迷于一个新的全知全能的钟表匠上帝——市场，以及他的大天使——技术。贸易是市场解决困惑我们的一切问题的神奇灵药。全球化是伊甸园或天堂，在最后的审判到来时，正义将在其中受到欢迎。像以往的意识形态一样，最后的审判同样迫在眉睫、令人恐怖。我认为，马克思主义、法西斯主义和市场彼此极其相似。它们都提倡法团主义和管理，与技术有着不解之缘，并将之作为自身专属的金牛犊。

与这些意识形态方面的巨大激情相伴，我们还苦于并仍将苦于那些也许可被称作时尚的东西——国有化、私有化、债务融资、作为魔鬼和遏制通货膨胀之手段的债务。

时尚只不过是意识形态的最低级形式。穿不穿蓝色牛仔裤，在不在一个特殊的地方度假，都可以影响社会对我们的接受程度，或是带来群体对我们的全方位抨击。随后，在几个月或几年后，我们回顾过去，我们的沉迷、我们对嘲笑的恐惧，似乎都有点傻。到那时，我们无疑会陷入新的时尚之中。

不过，全盘地、不加质疑地拥抱政治政策，确实要比穿蓝色牛仔裤这件事更为复杂。这些微型意识形态中的每一种都将妨碍许多人的生活，并通常会毁掉他们的生活。每种意识形态还会给那些以人的轻信为食的静候者带来财富。在意识形态所营造的盲从的压抑气氛中，每种意识形态都将迫使公众人物顺应民意，否则他们就会在嘲笑的绞刑架上被毁灭。在一个由意识形态的信仰者构成的社会中，最荒诞不经的是心存怀疑、不人云亦云的个体。想一想我们这个时代的老生常谈：偿还债务，拥抱全球化。哪一条阵线上的哪一个公众人物能够在不进行政治自杀的情况下站出来反对这一切？

结果，像英国劳动党的领袖托尼·布莱尔（Tony Blair）这样的人就会偏离自己的道路，以便与众人保持一致。他对伦敦的《金融时报》（*The Financial Times*）说："经济政策的决定性语境是新兴的全球市场。这就将一种存在巨大局限的实际性——相当不同于理性原则——强加在了宏观经济政策之上。"[10]

这两个句子听上去可能很耳熟。确实会如此。从右翼到左翼，成百上千的公众人物一直在以不同的形式说着它们。

全球化及其带来的局限性是我们时代最时髦的微型意识形态。布莱尔先生的言论意味着两件事：(1)"我混迹于潮流之中，所以为我投票是安全的。"(2)"意识形态在控制局面，所以别担心，我无法做得太多。"

我本人认为，这两个句子中没有一个哪怕有一点儿是正确的。它们是面对必然性时——面对所谓的不可避免之事时的被动性宣言。这是对意识形态的标准反应。被动性是意识形态最令人沮丧的影响之一。公民退守至服从状态，甚至奴才状态。

人们对大的意识形态存在某种令人恐怖的尊崇。借着一场轻描淡写的知识分子间的论争，地球被放置到属于它的位置上。令人畏惧。只有最勇敢或最愚蠢的个体在面对如此引人敬畏的命运时才不会变得被动。

另一方面，次要的意识形态几乎始终是卑劣的和自我本位的，其方式总是最直截了当的。它们提供两个选择——别无其他。那两个选择其实只是一个。是接受意识形态还是毁灭。是偿还债务还是破产。是国有化还是挨饿。是私有化还是面对死亡。是制止通货膨胀还是失去所有钱财。长期以来，我们都遭受着这种"非此即彼"的病状的折磨。在中世纪，经院哲学家们在其最糟糕的状态下，将我们的选择总结为秩序和骚乱。按照指令行事，或者坠入深渊。1995年，那深渊不再是种特殊的罪行，或是违抗宗教的问题。但要注意，论争的形式依旧是宗教性的，被动性始终是对真实信念的一种表达。

我在谈论意识形态和乌托邦时，就仿佛它们是一回事。它们之间就没有差异吗？其实没有。乌托邦也许更是个文学词汇。但它表达了空想家的真实意图。当然,没有一位空想家会宁死也要坚守一种乌托邦理想。当他传达的是真理时,那将意味着希望。他甚至不会将自己看作空想家。

可是,为什么我们会怀着这种孤注一掷的需求,坚信解决了一个简单的问题就会解决我们所有的问题?或是坚信,一种特殊的、绝对的社会组织形式将"终结一段历史"?法国小说家罗曼·加里(Romain Gary)说:"对无中生有的需求就好比一个拒绝长大的孩子。"[11]

不过,在我们对无中生有的需求中,并未藏有天真无邪的孩子气的魅力。例如,福山(Fukuyama)教授宣称,他的立场已经获胜,因此我们不得不面临《历史的终结》(*The End of History*),这个宣言中便没有那种魅力。相反,那里面有种一心只谋私利的政治宣传的令人不快的气息。我们所有人的无中生有都表明了对现实的恐惧。我们偏爱意识形态。我们需要信任一击即中、可解决一切问题的解决方案。我们在面对公共政策时喜欢排斥从众性。所有这一切都会在面临危机时化作一种使人虚弱的被动性。

这表明,我们难以感知自身的弱点。让我换种方式来论述这一点。如果我们无法鉴别现实,因而无法根据我们的所见所闻采取行动,那么我们便不只是个孩子,而且将自己贬低为滑稽人物——我们的无意识的可笑牺牲品。有意识的人会欢欢喜喜地保持其自身的荒谬感。

不幸的是,我们自身的荒谬感似乎起伏不定,在面临公共事务时始终危险地处于虚弱状态。它越是虚弱,我们就越是会倾向于滑入一种不健康的、无意识的自卑形式。更糟糕的是,我们在我们的精英们身上培养了这种令人厌恶的习惯。我们鼓励他们心怀轻蔑地想到我们——全体公民,因而也会以同样的方式想到自己。

如果我们无法看到自己,我们便无法作为人来采取行动。几乎一点也不令人吃惊的是,其结果是失去自尊。

这种自我厌恶是我们偏爱意识形态的关键。就定义而言,那些掌握"真理"的人是极少数人。他们是上帝的选民。他们渴望的不是用自己的真理来说服我们其余的人。这种渴望不是怀着牵涉其中的全部妥协进行民主辩论的问题。他们掌握着真理。因此空想家们的目的是操纵、欺骗或强迫大多数人接受他们的真理。你试图操纵、欺骗或强迫的人是你所蔑视的人。假如他们，即大多数人，听任自己受骗上当，那么好吧，他们确实在蔑视自己。

这一过程的现代版本最早出现在宗教改革运动期间——辩论的双方莫不如此。接受宿命论的新教徒认定自身是极端被动的存在。没错，劝人行善是很重要，但善行并不会使他们获得成功。上帝已经选择了将要被救赎的人。每个人都只有等到死后才会发现自己的最终命运。然而，假如一个小团体不知何故说服了自己，相信它知道上帝的想法，相信自己的成员是被选择的少数人——上帝的选民，那么，好吧，他们就能够摆脱自己的被动性，去驱使被蔑视的大多数人。所有的、任何的方法都是合理的，因为只有上帝的选民掌握着真理。

这也是依纳爵·罗耀拉（Ignatius Loyola）及其耶稣会会士们的心理，他们采用了新教徒的方法，因而给天主教信条增加了一种坚实的理性结构。他们的用意是赋予反宗教改革运动以外形和武器。这便是现代意识形态和专制制度的开端。

法国大革命中的雅各宾派（Jacobins）、布尔什维克分子、法西斯分子以及现在的自由市场拥护者全都是宿命论者和耶稣会会士的直系后代。他们是被选择的少数人——掌握真理的少数派，因而有权采用任何手段来推行它。

如果我把那些市场信徒，连同他们的芝加哥经济学派的信誉、他们数不胜数的诺贝尔奖，更别说总体上都受过出类拔萃的教育的新保守主义者，投放进一群暴力的、血腥的人中，我真的是公平的吗？

已故的英国哲学家迈克尔·奥克肖特（Michael Oakeshott）是新保守主义的缔造者之一，让我们来听听他的话吧。他说，政治是"庸俗的""虚伪的""无情的"，这源于它所吸引的人，"源于对人类生活错误的简单化，哪怕它是怀着最大善意来这么做的"[12]。他深信，政治应当留在出自政治世家的人的手中，而不是留在某些提倡民主的、野心勃勃的人的手中。[13]

对大众的这种相同的厌恶也可以在政治哲学家列奥·施特劳斯（Leo Strauss）身上看到，在某种意义上，他缔造了阿兰·布鲁姆（Allan Bloom），而后者又凭借了不起的智慧和风格,通过自己的著作《美国精神的封闭》(*The Closing of the American mind*),反过来向美国民众证明了,他们中的大多数人都是劣等人。世界各地的知识分子纷纷效尤。1993年,著名的德国剧作家博托·施特劳斯(Botho Strauss)因循着多少有些相似的路线,为《明镜周刊》(*Der Spiegel*)写了一篇引领潮流的文章。[14] 他用一种高度文学化的德语来写这篇文章,大多数读者都读不懂它。可是,这种精英主义不知怎的激发了暴力的光头党团体在德国的兴起。这是自我仇恨的鲜活例证。光头党们是在一种从其形式上是在诋毁他们的论点的激发下出现的。

一小撮颇为年轻的美国人(他们中的大多数人要么是富裕家庭要么是受过良好教育的家庭的后代)将自己建构为这场运动的北美分支。这些人是新保守主义的热切尊奉者。主导其语言氛围的是一群被卷入论战的少数派精英,他们想方设法地诱骗、操纵和愚弄大多数人,以使这些人一味地被动接受。在近期的一次公开谈话中,人们可以听到他们说出如下言论:

"假如我们不先走向富裕的白人农场主,使他们摆脱福利救济,那么我们就不能真正走向贫穷的黑人,使他们摆脱福利救济。"

以及：

"废止大项目，如福利救济、医疗补助制度和医疗保障制度，需要一点时间。但还有许多小项目，我们马上就可以废除它们。"

还有：

"……政党显得冷酷无情是很危险的。"（注意"显得"这个词）。

另一方面：

"在当下的环境中，被指责为冷酷无情甚至可以成为我们的优势。"[15]

尽管自得其乐，但他们愤世嫉俗的怨恨之气也表明了其对自身深刻的自我厌恶的无意识。其从头到尾的语调都是宗教施虐受虐狂的语调。"我们做错了。我们一直过得很舒服。我们欠了债。现在我们必须还债。我们必须穿上钢毛衬衣。我们必须让自己遭受痛苦。"当然，痛苦将落在别人头上，但那不是本文的重点。

意大利语中有个奇妙的词汇来形容离不开妈妈的男孩子——*un mammone*。当我听说或在书本上读到这些人时，总是禁不住会想到离不开爸爸的男孩子。*Un pappone*。某些试图像他父亲一样强硬或者比他父亲更加强硬的人。

无论如何,他们采用的方式都是纯粹的宗教改革的政治-宗教修辞。正如加拿大作家 M. T. 凯利(M. T. Kelly)所指出的那样,这些新的变体必定会像那些 400 年前的教会领袖一样,"创作出另一方——魔鬼"。对于否认"另一方的任何善良或道德价值"而言,这种妖魔化也是不可或缺的。[16]

为了对弄臣传统保持公平,再多加一句话很是重要:弄臣们绝非像新保守主义者那样满腹牢骚,愤世嫉俗。历史上充满了不得不为自己的晚餐而摇尾乞怜的男人和女人。通常来看,假如他们想扮演公众角色,那他们便别无选择。他们是居于支配地位的社会结构的牺牲品。我们现在的社会与之非常相似。占我们人口 1/3 的受过高等教育、倡导技术专家治国论的专业化精英们身陷在要求他们表现得像个弄臣的结构中。

时至今日,正如在历史上一样,他们的等级中充满了全力以赴的人。他们忍受着自身角色所带来的屈辱,是为了换口饭吃——是的,我们全都必须吃饭——但也是为了服务于一项美好的事业。

另一方面，历史也记录了一群从其地位要求其遭受的羞辱中汲取到快乐的弄臣。通常，他们的成功恰恰是因为其自我厌恶和愤世嫉俗，这使得他们能充分利用一种奖赏粗鄙野心和操纵行为的局面。

莎士比亚特别擅于描写这两类比肩出现的弄臣。内在的优势对弱势。伦理核心对徒然的野心。公益意识对个人遭到冤枉的创伤感。《李尔王》(*King Lear*)中的肯特（Kent）对埃德蒙（Edmund）。《奥赛罗》(*Othello*)中的罗德里戈（Rodrigo）对伊阿古（Iago）。

我们时代的伊阿古和埃德蒙绝非仅限于新保守主义的队列。当我们凝望部长办公室、院系行政部门、企业高管职位时，我们可以看到形形色色的自我钻营的弄臣们。

但是，新保守主义派弄臣确实貌似作为一个群体而落入这个范畴之中。鉴于他们已经成年，可以为自己的行为担负法律责任，所以社会一定会将他们的做法当作其自身的选择。

让我在此处扩大关注点，简单地重新介绍一下法团主义这个主题。

首先，19世纪70年代以来的法团主义者开始形成这样一种观念：自由主义犯下了一桩大罪，因为它"……将政治和经济平等授予了……明显不平等的……个体"[17]。换言之，法团主义者正在复兴中世纪的等级秩序。

19世纪末，德国人马克斯·韦伯（Max Weber）和法国人埃米尔·涂尔干（Emile Durkheim）赋予了法团主义以复杂的知识形式。关于这样一个体系是应该以国家为中心还是以经济为中心，抑或以社会为中心，存在不同的争论。但唯一的要点是，它是以团体为中心、以利益为中心的。不谋私利之举——即无私的行为或公共利益——的价值遭到否认和无视。因而公共利益的理念烟消云散。

1891年，教皇的通谕——Rerum Novarum——问世，反对阶级斗争，提出了中世纪经院哲学关于完美社会秩序的梦想的现代版本。这似乎是为了社会的和谐而抵制马克思主义的冲突论。实际上，它是为了利益集团分管的管理权而抵制人道主义、民主政治和负责任的个人主义。

第一次世界大战后，米哈伊尔·迈诺依雷斯科

（Mihaïl Manoïlesco）和阿尔弗雷多·罗科（Alfredo Rocco）等人将这一理论进一步深化，为反议会的氛围做准备，这种氛围导致了20世纪20年代和30年代的一系列军事政变和独裁统治。随着墨索里尼和一小撮其他独裁者的到来，法团主义首次处在了现代权力的中心。

墨索里尼体系的基础信息是效率、专业素质、专家管理、通过持续的群体谈判或新法团主义者现在称作利益仲裁的东西而达成的社会秩序。所有这一切都将发生在一个由英雄式领袖和市场力量来加以平衡的社会中。

当代法团主义具有一种更专业的方法，可它却以一种熟悉得令人觉得怪异的方式聚焦训练、能人政治，以及不可避免地成为金字塔形的组织结构。换句话说，其意图完全相同。释放这一讯息的方式是修辞的意识形态方式，其借助的是法团主义的喉舌——市场力的信徒、新保守主义的弄臣，尤为重要的是许多社会科学学术界的权威声音。

其次，对平等和公正这类民主的、个人主义的概念的诋毁，需要法团主义从一开始便拥有一系列可打通各门径的新的社会航向。对这一新方法贡献最大的,是在第二次世界大战期间通敌卖国的法团主义者——法国的领导人贝当元帅(Maréchal Pétain)。他以国家(或者更确切地说,祖国)、家庭、工作的口号取代了自由、平等、博爱。其他法西斯主义、法团主义政府也提出了类似的口号。

现在,假如你看一眼纽特·金里奇(Newt Gingrich)开列的"美国人的七大基本人格优势",你就会发现,"工作"位于清单的榜首。"家庭"以四种自以为是的变体处于那一主题的中间位置。垫底的是甚至更加自以为是的"国家"的翻版。七条之中有六条彼此十分接近。就此而言,他的"美国文明的五大原则"中的三项应对的是行业、技术和组织——全都是工作特质。没有提及自由或平等,或者,就此而言,没有提及民主政体。那是因为,金里奇是个相当典型的法团主义者,他至少是部分无意识地将自己掩藏在粗鄙的——也就是说虚假的——个人主义和虚假的现代主义的修辞之后。

但本文将要提出的论点不是只简单地聚焦于我们西方人对意识形态的偏爱。或是聚焦于我们在被名副其实的意识形态玩弄于股掌之间时对辨识它无能为力。或是聚焦于我们对一种被动性的最终接受，这种被动性会令我们烦恼不安，直至我们去追寻另一边的魔鬼或一种新的意识形态。

激起我的好奇心的更大问题是，我们是否能够逃脱这一乌托邦的梦魇。记住，乌托邦是由托马斯·莫尔（Thomas More）于1516年发明的词汇，它来自两个希腊词汇：无和地方。怀着对乌托邦的期望生活在意识形态中，就是生活在乌有之地，生活在迷失之域。生活在不存在的地方。生活在虚无之中，在那里，现实的幻影通常是由高度复杂的理性构造所创作出来的。

因此，我并不是在说，我们可以逃到某个纯粹而理想的未来中去。那会是又一种意识形态。相反，我是在问，我们如何以及在何种程度上可以脱离意识形态，即使那必定得以一种老牛拉破车般的吃力方式。我们如何才能限制因这种显而易见的先天弱点而对自身造成的定期伤害？

我将试着将这一谜团组织为一系列的对立项。是涉及真正的选择的真正的对立。也许它们应当被称为斗争。例如，人道主义对意识形态。这也可以被称作平衡对失衡或均衡状态对不均衡状态。

随着论述进一步展开,我将定期回顾这些以及其他的对立项,以便详述它们。例如,什么是人道主义?它有可能是什么样的?我所说的均衡状态是指什么?我将在最后的讨论中用相当多的精力来论述这个问题。

可是,即使我将自己局限在这三个平行的对立项——意识形态对人道主义,失衡对平衡,不均衡状态对均衡状态——的简单命名上,你还是能感觉到,我正在提出一种针对理念和政策的更谨慎的方法。也许这样一种方法至少可以使我们在看到一种意识形态时能够鉴别它。换言之,我们也许能够训练自己看清我们的自身现实的形态。这也许有助于我们不那么轻易地成为那些不合时宜的宏大问题的囚徒:什么是文明?什么是人?

对于这些不可能的问题,思想家们总有无所不包的答案。然而,他们表述它们的方式略有不同——带有声明所具有的攻击性。文明应当是什么?他们知道。什么是人?这意味着,他把自己逼到了绝路。

摆脱了这些声明,我们就能够回到更合理的问题上。文明有可能是什么?也就是从务实的角度看,在一段合理的时间内,人能够切实地达成和维持什么?

我所说的也许听上去极其简单。简单得似乎有些天真。可是,我要提醒你,苏格拉底被处死,不是因为他说了事情是什么样的或应当是什么样的,而是因为他寻求实际的标记,以说明真理的某种合理的类似物也许在何处。他被处死,不是因为他的狂妄自大,或华而不实的提议,或命该如此,而是因为他固执地怀疑他人的绝对权威。

让我把关注点放得更宽泛些。假如我想知道自己生活在什么样的社会中,我就要开始提问——合法性存于何处?毕竟,合法性的来源才是文明的核心所在。从那一有关终极权威的假设中会透露出很多其余的东西:权力、组织、私人和公众的态度、受到赞赏、蔑视或忽视的伦理标准。我只能将西方历史中的四个现实选项鉴别为合法性之源。神明、国王、团体,或作为一个整体来行动的个体公民。这些源头有许多变体。许多国王声称直接受命于神明,因而将两者结合在了一起。从拿破仑到希特勒的现代独裁者曾声称继承了国王的合法性。团体的范围很广,从中世纪行会到现代法团主义都被包括在内。

现在,前三个来源——神明、国王和团体——的独特之处在于,一旦拥有权力,它们就会自动开始将第四个来源,即个体,贬抑至被动状态。个体公民被贬抑至臣子状态。也就是说,他会屈从于其他这些合法性中的一个或多个来源的意愿。

换言之,神明、国王和团体不可与第四个来源相提并论,因为它们需要顺从,而个人主义需要参与。要么前三者中的一个或多个处于支配地位,要么第四个来源主宰一切。

我将指出,我们的社会如今主要依靠团体间的关系来发挥作用。我说的团体指的是什么?我们中的一些人立即想到了跨国公司。还有人想到了政府部门。但这都未抓住重点。在我们的社会中,存在成千上万的以层级或金字塔的方式组织起来的利益团体和专家团体。有些是实实在在的行业,有些是行业分类,有些是由专业人士或知识分子构成的狭隘类目。有些是公共的,有些是私人的,有些是善意的,有些是恶意的。医生、律师、社会学家、庞大的科学团体。关键不在于他们是谁或是什么。关键在于,社会被看成所有这些团体的总和。仅此而已。个体的忠诚主要不是对于社会的,而是对于其团体的。

严肃、重要的决定不是通过民主讨论或参与做出的,而是通过建立在专家意见、利益和实施权力的能力的基础之上的相关团体间的讨价还价做出的。我将指出,西方的个体,从现在所谓的精英集团的顶部到底部,都首先以一个团体成员的身份来行动。结果,他们、我们,都首先作为一种功能而存在,而非作为一个公民而存在,而非作为一个个体而存在。我们会因为我们成功地发挥了经过整合的功能而在我们等级森严的能人政治中得到奖赏。我们知道,个人主义的真实表达不仅会受到抑制,而且会受到惩罚。积极的、直言不讳的公民不可能拥有一份成功的专门职业。

我所描述的是法团主义的本质。忘掉前仆后继的一代代法团主义者——从古老的天主教团体到法西斯分子,再到倡导金字塔形的技术官僚组织的发言人,再到今天的善意的新法团主义社会科学家——昭告天下的各种各样的意图。要记住的是他们有什么共同点。也就是他们关于合法性的所在之处的假设。在法团主义中,它与团体同在,而非与公民同在。

因此人被贬抑为一种可加度量的价值,就像一架机器或一种性能。我们可以选择实现一种崇高价值,并舒适地生活,或者选择被粗暴无礼地丢弃在被排斥在主流之外的垃圾堆上。

准确地说:我们生活在一个乔装为民主政体的法团主义社会中。每天都有更多的权力滑向团体。那正是市场意识形态的意义所在,是我们被动地接受任何全球化正巧采取的形式的意义所在。

我们对这一现象的唯一的认真反应以义愤填膺的民粹主义的形式出现,我在后文将指出,这种民粹主义大抵是种虚伪的民粹主义,它关注的是如全民公决和所谓的直接民主制之类的反民主机制。

此刻,我想阐述一下神明、国王和团体的特殊性。它们不能欢天喜地地在一种真正的民主政体中发挥作用,也就是说,在一个由个体构成的社会中发挥作用。它们的体系缺乏我所说的不求私利之举。它们的行动完全基于利益的想法。它们是自我破坏的,因为它们无法认真地采用长期的或更广泛的视野,后两者都取决于一定程度的无私,或者也可以被称作公共利益或普遍福祉。

合法性与个体公民同在的社会大不相同。它可以欢欢喜喜地容忍神明、国王和团体，只要它们不干预公共利益，也就是说，只要它们得到公益标准的适当调节。以公民为基础的社会之所以能够做到这一点，是因为它建立在个体都无私的基础上。再者，这有种缓和效应，能够实实在在地使另外三者——神明、国王和团体——受益。通过让它们聚焦于长期的和更广泛的画卷，它限制了它们的自我破坏性。

我认为，我们重申以公民为基础之社会的能力，取决于我们对无私和参与这些简单概念的重新发现。无私和参与都是一种保护，使我们避免企图在意识形态中寻找庇护所的看似无意识的欲望。但现在落实于西方各国的政策恰恰建立在相反的假设上。从学校教育到公共服务的一切事务，都在自私自利的自我破坏的基础上被重构。

我前面谈到过三种平行的对立项或斗争——人道主义对意识形态，平衡对失衡，均衡状态对不均衡状态。现在我可以再加两个：民主的个人主义对法团主义，公民对顺从者。在下一章中，我将讨论语言与宣传的对立，以及意识与无意识的对立。

在我们文明的这个阶段,即 20 世纪末,我要说,我们正在输掉所有这些斗争,获胜的是我们内心以及我们社会内部的较黑暗面。

我是在夸大其词吗?我们真的生活在一个只把民主政体当作降压阀门来利用的法团主义社会中吗?很显然,民主机制仍在其位,公民确实偶尔会成功地让精英们按指定的方向前进。

然而,我不是在得出一个绝对论的论点。我所讨论的是我们社会已经采取的方向,以及它在那条道路上已经走了多远。

对我们状况的简单测试涉及查验公共利益的健康程度。例如,从未有过那么多的金钱——实实在在的钱,可以自由支配的现金——像现在这样流通着。我会以绝对价值来度量这一数量,也会在人均基础上度量它。看看银行业的增长,以及金融市场的甚至更加快速的爆发式增长。

从未有过如此多的可自由支配的金钱,却没有钱被用于公益。在民主政体中,事情不会如此,因为人们普遍赞同,社会的核心是不求私利。在法团主义体系中,从不会将任何金钱用于公益,因为社会被贬抑为利益的总和。它因此只囿于可度量的私利。

那么,本章标题所宣称的大倒退是什么?它指的是我们跳入了顺从者所喜爱的无意识状态,在数以万计的公共的和私有的法人团体的任何一个中,顺从者作为一种功能而存在着,被解除了对其社会的个人的无私责任。他因此向安逸的诱惑缴械投降,去拥抱每种意识形态都会提供的、我只能称之为被动的必然性的东西。

让我最后来谈谈两个对立项。第一个对立项是永恒的人类模式对暂时性。鉴于市场和技术之类的东西的强行规定,今天大多数作为不可避免的人类关系形式呈现在我们眼前的东西,其实是具有一种短暂的——甚至是偶然的——性质的相当近期的现象。这些是转瞬即逝的关系,因为它们直接取决于粗鄙权力的演化形式。在这种权力的暂时性变量的基础上建构有关人性和人类社会之性质的理论——就像从亚当·斯密一直到马克思,我们经常做的那样——是在把大量的时间浪费在经济学的便道上。

如果与2500年来一直伴随着我们的、实际从未改变过的基本命题相比,这些现象的真实的短命性质可见一斑。梭伦的公义理念,苏格拉底关于公民作为持久的恼人因素之角色的观点,西塞罗的"人民的利益即主要法律"[18],索尔兹伯里的约翰的"谁能比蔑视关于自身之知识的人更为人所不齿?"在语言和行动中,还有成千上万的我们努力通过形成自我和社会的责任感来改善自我的其他例子。

还有关于私利这一短暂现象的纪录。它的足迹同样漫长——个人所得,针对个人成就的暴力,为获取和把持权力而进行的聪明操纵。将自己的权力用于狭隘目的的政治人物时常被提起,但通常是作为人类弱点的不幸例证。有趣的是,在我们的主动记忆中,这种自私行为之记录从未得到过实际的赞赏。它反而是作为我们的失败的记录而存在。

这将我引至最后的对立项。根据我对我们,即人类的评价的消极性质,你也许会认为,我本人就是站在精英分子的优势地位轻蔑地俯视众生,因而也是在无意识间受到自我厌恶的折磨的那些人中的一员。

但是,直面现实通常是个消极的过程。只有意识形态才会坚守持续不变的乐观主义。那正是它反对批评、鼓励被动性的原因。

我将提出,直面现实——无论这一过程是多么消极和令人沮丧——是与其达成和解的第一步,这正是我在以下四章中将以一己之力所力图做到的事。

今天晚上,我一直在简单地践行我作为一个公民的权利——我的苏格拉底式的权利——去批判,去抵制从众性、被动性和必然性。在这个过程中,鼓舞着我的是我在人类斗争中所汲取的"喜悦"。[19]因人类而喜悦——这是人道主义力量在将社会从黑暗时代中唤醒时,于12世纪所提出的,更确切地说是重新提出的理念。

古罗马诗人泰伦提乌斯(Terence)很久以前就曾说过:"我是一个人,人的一切对我而言都不陌生。"那是人文主义者在被其视为喜悦与自我厌恶之斗争中所赞赏的态度——因你身边的男人和女人而喜悦,对他们抱以同情;换言之,一种社会感。

于是,这在现在实际上是种深刻的反意识形态观念,它接受人的本来面目,认为值得去尝试做得更好。

第二章 从宣传到语言

我是蛇，不是苹果。

这句话是什么意思？可以说，我们的文明——犹太教-基督教，在其创世神话中，将知识的传递者描绘为邪恶之源——魔鬼，将失去纯真描绘为灾难。这与其说与宗教有关，莫若说与那些处于权威地位的人想控制那些没有权威的人的标准欲望有关。对人类种族之中的西方人种的控制似乎依赖于语言。从魔鬼开始，任何与语言打交道的人都身处传播语言的行业之中。他们不是知识本身。小说家、剧作家、哲学家、教授、教师、记者，都没有掌控知识的专属权利。他们不是知识的主人。他们也许受过一些训练，或是拥有一些才能，或者两者兼备。他们也许在两方面都出类拔萃。可他们依旧不过是传播的天才。

那种知识——一旦作为确定性的镜子、作为知识论点、作为技能机制或仅仅作为普通信息而得到传播——也许会导致进一步的理解。或者，也许不会。那样也好。

我们中那些传播语言的人是蛇，不是苹果。这在一个知识即权力的法团主义社会中意味着什么？也就是说，在一个奖励和赞赏进行信息——被成千上万的公共和私有企业中数以百万计的专家专业化了的最微小的信息碎片——控制的社会,这意味着什么?苹果是个游戏。权力、自我保护、自我完善取决于我们控制知识的能力,仿佛我们就是苹果本身。我要说,现在,在我们的妒忌之苹果的精神错乱之中,我们已经达到了令人震惊的世故程度。

同样值得注意的是意识形态的一种令人好奇的特性。这些意识形态在其辩护性的论点中坚持认为,人类曾经生活在一种快乐的(虽说有点粗犷或幼稚的)自然状态中。一座伊甸园。通过借助上述任何特殊意识形态所提出的必然步骤的简单传递,我们便可假定,我们将重新进入一个程度更高、更为复杂的伊甸园。天堂是最初和最后的目的地。是人类循环圈的起点和终点。

马克思承诺了这一点。纳粹承诺了这一点。实际上,认可市场力量的空想家们也承诺了这一点。从短期或中期来看,痛苦和折磨不可避免,但天堂就在下一站。

美国心理学家詹姆斯·希尔曼(James Hillman)反复地问美国:

"为什么我们的文化是种不想失去其天真无邪的文化？"

"天真无邪的道德优越性是什么？"

"为什么世俗和文化不知何故会腐化堕落？"[1]

毫无疑问，造成这一症状有许多因素。但值得注意的是，市场意识形态之心在美国跳动着，而信奉者们在宣扬两种相互矛盾的版本：(1) 回归美国小镇之理想；(2) 实现通过放开资本主义机制而创造出的不可思议的平衡。大多数明智的人都会惊讶于这样一种奇怪的共存的方案。全球经济和小镇理想不只是前后不连贯的陈述。它们是直接的敌人。但在乌托邦中，不需要明智之人。

对空想家而言，语言本身成了信息，因为那其中没有怀疑。在一个更明智的社会，语言只是交流的工具。

作家的角色是推进交流的步伐。逃离人云亦云和阿谀奉承。苏格拉底在受审时的辩护词《申辩篇》（*Apology*）中说，他别无选择，只能走街串巷，高谈阔论，"考验自己和他人"。他与从商人到儿童的所有人较量，因而也惹恼了所有人。举例来说，这种做法类似于伟大的德国小说家海因里希·伯尔（Heinrich

Böll)对战后德国的暴发户和对——正如戈登·克雷格(Gordon Graig)所指出的那样——"一个只相信权力、影响力和金钱的,无情无义的,官僚习气的社会"的不断抨击。[2]

作家角色的要点在于保持独立。有些人也许会对政治事业渐生厌倦。这可能会是种成就,也有可能是场灾难。证据是,给亨利四世(Henri de Navarre)提出建议,并在《南特赦令》(Edict of Nantes)——现代宗教自由最早的形式化文本之一——的颁布中发挥了重要作用的蒙田(Montaigne)。[3] 另一方面,又有哲学家马丁·海德格尔(Martin Heidegger),身穿纳粹制服的大学校长,他宣称希特勒和德国人"被将德国人民的命运书写在历史之上的那一无法逃避的灵性使命所引导。"[4]

苏格拉底和伯尔传递的是培养怀疑精神的知识。怀疑精神是以公民为基础的社会的核心,即民主政体的核心。

我所读到的有关这一角色的最好描述,还是来自试图在自我招致的那在数十年前曾是它的文明的——不仅是物理上的,还有道德和文化上的——毁灭中寻找自我的战后德国。沃尔特·延斯(Walter Jens)写道：

> 不代表任何阶层、没有祖国保护、与任何权力都无关联的当今德国作家是……三重孤独的人。但正是……这种没有束缚的自由赋予了他一个骇人的、独一无二的机会，变得前所未有地自由……在盲目服从统治的时刻，警告者的"不"、伊拉斯谟学派(Erasmian)的犹豫和反思，以及苏格拉底式的小心谨慎较以往任何时候都更显重要。[5]

那么，正如我前不久才问过的那样，这一切在一个法团主义的社会中意味着什么？在我们的社会中，那是什么？我要说，首先，现在作家的作用——以及语言的作用——要比它自中世纪末期以来的任何时期都要薄弱。

确实，从未有过这么多的作家、这么多的书籍、这么嘈杂的通过这么多的新交流装置在我们周围漂浮的语言。每天都有更多的语言传播技术抵达公共场所。

可是，在一个法团主义社会，大多数处于公共或私人的责任位置上的人都会因控制语言而得到报偿。"知识即权力。"这个黑体标题用于宣传由《国际先锋论坛报》(*The International Herald Tribune*)组织的一次会议。根据承诺，来自世界各地的公私部门的重量级人物都会出席这次会议。这将是个签署"合同"、进行"交易"的机会。"最重要的，你会获得可以赋予你竞争优势的知识。"[6]"获得"一词在此处采用的是其财政意义。在法团主义社会，知识被掌握和控制，被出售和买进——也就是说，知识很重要。

考虑到我们提倡管理的技术官僚精英们，拥有知识的人，确实拥有着我们今日所理解的权力。知识是系统中的人的流通货币之一，正如它对于凡尔赛宫的大厅中的弄臣们一样。他们需要在结构中占据一个位置，这个位置可以为他们提供某种阻止他人接近而让自己接近的能力。那么，他们就需要流通货币或芯片来玩这个系统的游戏。也就是说，他们需要信息。

若要论及我们的精英与这些皇室弄臣的不同之处，就会令人想起中世纪末期的经院哲学家，他们的职业是用一种使自己与权力拉上关系的方式，将辩论局限在琐事中。这些经院哲学家渐渐相信，自己就是苹果本身。

可是，那尤其是通过信息技术——从电台、电视到最近的电脑的一切突破性进展——每天将我们淹没的令人震惊的、嘈杂的语言又当如何？坦率地说，假如它没有以一种务实的方式与权力结构联系起来的话，那么它就只是些胡言乱语。有史以来最引人注目的放汽装置早已存在。

我不想夸大其词。如果公众付出巨大的努力，为了一项特殊的事业来利用这胡言乱语，那么它便会时不时地对权力产生某种影响。可是，拿这些短命的小胜利来与法团主义权力结构在利用那些相同体系时所发生的事情比较一下。它们在阻止公民反对团体利益的支配权方面的成功率与那些胡言乱语的成功率相比是 100 : 1；它们在支持法团主义、反对民主政体方面的成功率与胡言乱语的成功率相比是 100 : 1。

我将进一步加以说明。在 18 世纪，启蒙思想家们相信，知识的获得将铸就不可战胜的论点，使人不会犯错。这些对真理的肯定要针对的是当时的当权者——教会和君主政体。如今的权力主要被用于为错误辩解，知识掌握在其专家手中。因此，他们知道，他们必须做任何必须要做的事。这正是医院被关闭、公共教育被挤压、纳税从有钱人转向没多少钱的人的原因。如今，知识得到了更有效的利用，不是为了阻止犯错，而是为了替错误辩护。

这就提出了一个有关言论自由之作用的重要问题。我们拥有很大的言论自由。但假如它对现实没有什么现实的影响，那么它就不是真正的言论自由。没有实用性，言论就只不过是种装饰品。

法团主义结构在限制这种实用性方面取得了引人注目的成功。在一个被源源不断的信息——倾注在那些利益集团之外的人身上的修辞和政治宣传——弄得越来越不透明的世界中，私有部门的活动遭到了遮蔽。至于信息自由或信息法规的获取途径，它们已简单地证实了，所有信息都是私密的，除非它被特别请求。请求必须被清晰地定义，通常需要花钱，其结果是，信息被存储在越来越狭隘、越来越具体的类目之中。一个要求会产生一个信息碎片，只有那些有资金资助的公民才能够涉入这些令人沮丧的探险之中。

第二章 从宣传到语言

那些相信民主政体出自市场子宫的人往往会将言论自由与资本主义联系在一起。例如，乔治·布什（George Bush）在其就职演说中谈到一种"为地球上的人提供的更加公正和富裕的生活"是如何通过"自由市场、自由言论和自由选举"而得以实现的。这三种自由的排序出自一个正承担着践行美国宪法之主要责任的人的口中，着实令人震惊。他所说的自由序列是种历史的和当代的杜撰。现在的世界就像过去一样，充满了赞同自由市场、严密的新闻审查，以及虚假的或不普遍的选举的国家。这些市场越完善，对另外两种自由的控制便越严密。

最后，自由言论与民主政体都与记忆——即历史——的积极务实的作用紧密相关，也与不间断的公益意识紧密相关。商业没有记忆。它的一大长处是，它有能力不断地重新开始：处子状态的持续再造。商业也不曾与任何特殊社会有过特殊的依附关系。它只与挣钱相关，只要能持续挣钱，就一切都好。

言论自由作为民主政体的一个根本元素在公元前470年左右首次得到清晰而有意识的鉴别。我相信，那是在工业革命的2250年前。最早的伟大的雅典诗人兼剧作家埃斯库罗斯（Aeschylus）在《乞援人》（*Suppliants*）中将自由之舌称为民主政体的一个根本元素。这是在苏格拉底死前的70年。这个概念似乎被普遍接受下来。希腊作家们在巩固这一联系中发挥了作用，因为他们在自己的戏剧中写满了在街道上和议会中持续进行的争论。

像社会的许许多多的伟大胜利一样，言论自由的失去比赢得更容易。所以它不得不一再地被重新征服并维持。古斯塔夫·福楼拜（Gustave Flaubert）的《包法利夫人》（*Madame Bovary*）使一种夺取它的努力幸存了下来，他写道："无论什么样的审查制度，在我看来都是一个庞大而丑陋的怪物，是某种比谋杀更恶劣的东西，是暗杀思想的企图，是背叛灵魂（lèse-âme）[背叛灵魂正如背叛君主（lèse-majesté）]的罪行。苏格拉底之死仍然重压在人类身上。"[7]

莱昂纳多·夏侠（Leonardo Sciascia）在其小说《埃及议会》（*The Council of Egypt*）中描写了一位19世纪的西西里总督，他在一段谈话中表达了权威对言论自由的永久态度。在西西里，这种态度可以轻而易举地转变为现实：

第二章 从宣传到语言

> 这些书，这书的瘟疫，你对其数字一无所知，对每本书在此处有多少复本一无所知：装在箱子里，装在手推车里……不过，有多少到达此地，就有多少被国家的行刑者烧掉了。[8]

但在法团主义社会，没有对传统的审查制度或烧书的迫切需求，尽管会出现定期的案例。就仿佛我们的语言本身要为我们无力鉴别现实并对之采取行动负责似的。

我将这样来论证它。我们的语言一向被分成两个部分。一是公用语言——数量巨大、丰富多彩、变化多端，多少有些软弱无力。然后是附着于权力和行动的法团主义语言。法团主义语言本身又分成三类：修辞、宣传用语和专业术语。我将在后文回溯修辞和宣传用语。现在让我们把注意力放在专业术语上。我所说的不是老式的地域方言，而是由成千上万的居于垄断地位的破碎知识构成的被专门化了的、内视的文字机制（我避免用语言一词，因为它们不是语言；它们不交流）。这些我将称之为个体法人的专业术语：社会科学专业术语、医学专业术语、科学专业术语、语言专业术语、艺术专业术语。它们成千上万，蓄意让非专家们费解，有着厚厚的防御墙，它保护着每位法人的重要感。

艺术不能因此现象而责怪商业，就像商业不能责怪艺术一样。两者都不能责怪公务员或科学家，或是被他们所责怪。对专家专业术语的依赖，实际上是对使用专家专业术语的要求，已经成了我们当代精英的一个普遍条件。

但这一疾病的核心也许见诸社会科学。这些通常是善意的、有潜在用途的伪科学喂养着公共和私有部门的专业术语。人文学科本身越来越受到社会科学方法及其对语言的态度的感染。

过度补偿是对此的一种解释。经济学家、政治科学家和社会学家尤为努力地模仿科学分析，其借助的是间接证据的积累，但最重要的是，借助对最拙劣的科学专业术语的滑稽模仿。正如在商业和政府法人中一样，这种模糊不清的语言的目的可能会被简化为以下公式：模糊性暗示着复杂性，复杂性暗示着重要性。因此，专业术语成了多少有些意识的自我保护的武器，以及无意识的自欺欺人的工具。

这种把语言分成公共领域对法团主义领域的做法使任何人——外行人或内行人——都难以把握现实。没有了充当有益交流之常用工具的语言，文明就会不知不觉地溜进自我欺骗和浪漫主义，这两者都是意识形态的构成方面，都是无意识的构成方面。

这发生在所有的世纪！对教育的每个层面的探索、弗洛伊德和荣格的二重奏的出现，应当使我们（也许是首次）靠近了作为有意识的人的我们的最好状态——机能正常，而非机能失调，渴望传播知识和理解。

"意识是存在的前提条件。"荣格宣称。[9]在我于第一章中所描写的我们的自我厌恶的语境中，他对此看得非常清楚：

> 令人大吃一惊的是，人，所有这些现代发展的发起者、创造者和承载者，所有判断和决定的创始者，以及未来的规划者，却必须使自己成为这样一种微不足道的数量（quantité négligeable）。这种自相矛盾，这种人类自身对人性的似是而非的评估，实际上

是令人费解之事……起源于对判断的极端不确定性——换言之，人对自身感到费解……他知道如何在解剖学和心理学方面将自己与其他动物区分开来，但作为一个有意识、可反省、被赋予了言语的存在，他却缺乏自我评判的一切准则。[10]

也许心理分析运动的难点在于，从一开始，它就送出了一条自相矛盾的信息：学会了解你自己——你的无意识，更大的无意识。这将有助于你应对现实。另一方面，你在巨大的远古力量的掌握之中——你不知道它，也看不到它——即使你确实知道并看到了它们，必定居于支配地位的也是它们。"呼唤或不呼唤，"荣格门上的招牌说，"神明都会到来。"

这并不是说，弗洛伊德和荣格缺乏天才，或在售卖其突破性研究的好处时不够谨慎。他们极其小心。捷克作家伊凡·克里玛（Ivan Klima）在论及更为普遍的历史和社会习惯问题时，将此局面的困难之处说得很清楚。"如果你相信，数世纪以来决定着人类行为的力量已经被驯服，因为我们至少部分地确定了它

第二章 从宣传到语言

们是什么,并且命名了它们,那你就太天真了。"[11]克里玛想说的是,为这些力量命名,只不过是一场艰苦卓绝的永久斗争的开始。

不过,弗洛伊德和荣格的问题很是不同。正如詹姆斯·希尔曼和迈克尔·文图拉(Michael Ventura)半开玩笑半认真地指出的那样:我们已经进行了一百年的心理分析,而事情正变得越来越糟。[12]

尽管荣格不厌其烦地发出警告,以防将狭隘的自我认知误认作意识,但该运动的大部分吸引力都来自获取我称之为虚假的个人主义感觉的可能性。

荣格警告说:"大多数人都将'自我认知'与有关其有意识的自我人格的知识混为一谈。""通常所说的'自我认知'因而是种非常有限的知识。"[13]或者,更残忍地说,"既然人们普遍相信,人只不过是其无意识对其自身的了解,因此他会认为自己是无害的,于是会在不义行为之上再加入愚蠢"[14]。

在为大众意识形态、无所不包的结构和技术革命所统治的20世纪,西方个体似乎在寻找某种没有人能拿得走的东西——他们自身的无意识——的过程中找到了庇护所。正如希尔曼指出的,治疗因而变成了另一种意识形态——"一种救赎性的意识形态"。[15]但这种逃到无意识之中的做法远远超出了正常的治疗,成了普遍的西方迷思:个体是什么,以及——更为重要的是——个体应该对什么感到适度的兴趣。答案是什么?他自己。她自己。不是社会。不是文明。是局部与整体的对立。是被动的公民的被仔细地查验过的生活与20世纪末未被查验过的生活的对立。

弗洛伊德-荣格的突破性研究的另一不奏效之处是,它对这些不朽迷思的利用对社会的影响。我们认为荣格尤其关注神明和命运。但弗洛伊德的痴迷只是略有不同:性、神明和命运。

为什么我接下来要论述这一点?因为神明和命运是所有意识形态的两个核心特征。每种不同的新信仰都会将之称作不同的东西。但它们是必然性的图腾。

西方文明实际上始于2500年前,当时,梭伦和苏格拉底之类的思想家打破了荷马神话,根据荷马神话,神明和命运会统御一切。荷马发出的信息是,无论你多么睿智、强壮、有才干或美丽,你的生活都是由神明和命运前定的。

第二章 从宣传到语言

听听荷马在《伊利亚特》(Iliad)中的建议吧。

阿加门农对阿喀琉斯说：

假如你是个伟大的战士——只不过是天神把你塑造成这样。

赫克托耳对他的妻子说：

但命运是没有一个妇人所生之人，无论是懦夫还是英雄，能够逃避的东西。

普特洛克勒斯对阿喀琉斯说：

你有可能不知不觉地被某种预言、某句你的母亲大人泄露给你的来自宙斯的话所吓住吗？

赫克托耳对格劳科斯说：

我们都是宙斯手中的木偶。[16]

荷马根据成百上千的这种必然性来建构自己的故事。在上述文明于2500年前在希腊开始之前，他的故事不是被当作虚构的故事、神话或历史而被接受下来，而是以《圣经》的文本在基督教的高峰期被接受的方式而被接受下来。它被当作名副其实的真理。从神明和命运的大逃离——使西方文明变得可能的逃离——的基础是，人们越来越相信，在现实局限之中的人类可以为自己的社会指明方向，正如那个社会中的个体公民可以为自己的生活提供方向一样。正是我们对那些由大量具体因素强加给我们的局限的不断意识，将我们从意识形态的赦免和由此导致的灾难中解救出来。如果我们偏离了轨道，那常常是因为我们忘记了那个言简意赅的分句——"在现实局限之中"。

但现在，在这个意识形态的世纪，神明和命运被赋予了新的生命。"世上的奇迹千千万，"索福克勒斯（Sophocles）在公元前5世纪写道，"没有什么是比人更大的奇迹了。"突然间，在20世纪末，我们发现不是这么回事，说到底，它不是事实。历史必然性是比人更伟大的奇迹。辩证法也是如此。依照血型而定的各种群体的优越性也是如此。一个被叫作市场的抽象机制的天赋也是如此。那无生命的物体——被称为技术——的领导力也是如此，工蜂创造了它，尔后又不可避免地听命于它。

这些不可避免性是回到神明和命运的怀抱的大倒退。我不是说，弗洛伊德和荣格故意将我们扔回了人

第二章 从宣传到语言

类生活的这一较低级形式。在某种意义上,他们是一个世纪的不可避免的、充满困惑的声音,这世纪眼见着抽象的理性自我中心主义以无法描述的和前所未有的暴力撞上了现实的岩石。在人们感到自己遭到了自己文明的背叛或抛弃的时刻,有人为他们提供了关于其无力感的解释:原型理论、永恒的神话、不可改变的事物。这种解释没有给他们提供一种新的力量感,而是让他们在面对居于统治地位的意识形态时,安于被动性——尤其是公众的被动性。

有一个领域会遭受某种具体的指责。在一个目睹危险的个体——现代版的英雄——的崛起的时代,荣格在描述其原型理论的方式上还不够谨慎。例如,他论及通往意识的道路,它使我们摆脱掌控我们的东西,形成一个复杂而自由的自我。但接下来,他描绘了那一自我。它将"坚守一种坚不可摧的立场,那是一位超人的坚定不移或一位完美圣贤的崇高。下面两个人物是理想的典型:一方面是拿破仑,另一方面是老子"[17]。

拿破仑:首位现代独裁者,首位理性专制主义的开拓者,民主政体的颠覆者,现代英雄式政治宣传的发起者，从希特勒至墨索里尼以降的所有 20 世纪的独裁者的模范。很难理解，一位明智的思想家何以能够把拿破仑作为一个理想的典型推荐给意识清醒的人。事实上，我认为，荣格的模范们可能在无意之中被当作由托马斯·卡莱尔（Thomas Carlyle）于 19 世纪奠定的英雄崇拜的进一步发展。像荣格一样，卡莱尔将军事独裁者与圣贤结合在一起。他认为，他们没有质的不同。他们只是英雄人物的不同侧面。在卡莱尔那里，他有意地为接下来的反民主运动提供了知识上的合法性。20 世纪的意识形态的引人注目的优势至少部分源于他的努力。

无论有意还是无意，这些心理治疗师的著作还有助于现代意识形态和现代英雄的兴起的合法化。你可以在约瑟夫·坎贝尔（Joseph Campbell）这样的信徒的著作中看到这一趋势。弗洛伊德和荣格的本意是想征服无意识。然而，通过把我们送回神明和命运的怀抱，他们也许反而促使我们歇斯底里地紧抓着无意识不放。

似乎是我们对自身个体的无意识的沉迷减缓乃至代替了对公共意识的需求。对个人自我实现的或真实或虚幻的承诺似乎没有为作为负责任、有意识的公民的个体留下任何余地。

心理分析运动追求个体意识的明显结果是一种无意识的文明。在荣格的想象中可能导致单独的和作为公民的个体的内在和外在生活之结合的东西,也许反而导致了一种非此即彼的局面。

当然,错误的阐释或粗心大意的阐释是对真实世界有任何感觉的作家的最大恐惧,他们的语言将在那个世界中四处流动。也许那正是如此众多的重要思想家——让我称之为有意识的思想家——害怕书面文字、通过口头来表达自己观点的原因。苏格拉底、基督和圣方济(Francis of Assisi)是显而易见的例子。莎士比亚的戏剧几乎是口头性的,被零零碎碎地写下来,在舞台上不断发生着改变。甚至许多作家——例如但丁,或启蒙运动时的伟大人物——会有意识地致力于使用一种经过打磨的语言,使之变得简单清晰,既可激发说话者,也可被当作口语来使用。

第一位而且仍旧是最犀利的传播学家哈罗德·英尼斯(Harold Innis)就书面作品或乔治·斯坦纳(George Steiner)所谓的"写作中的腐败"的问题写了大量文章。

我们越深入作品,便越会深陷在将蛇认作苹果——传递信息的信使——的错误中。我以前已说过,健康的文明的标志之一是,存在一种人人都可按照自己的方式参与其中的相对清晰明确的语言。疾病缠身的文明的标志是,竭力阻止交流的、模糊、封闭的语言的增长。那些被称为经院哲学家的中世纪大学学者便不断助长这种状况。如今那些运用成千上万的晦涩难懂的专家术语的人们也是如此。鉴于20世纪的伟大进步,特别是我们的技术突破,他们诉诸复杂性。但问题与复杂性无关。没有多少外行人真的想知道建造大型喷气式客机或撰写后现代小说的具体细节。需要讨论的是意图——是试图使用语言来交流,或者相反地,试图通过控制语言,将语言用作一种权力武器。

无意识——甚至是歇斯底里的无意识——在一个法团主义社会中不是种令人惊讶的特性,在这种社会中,附着于权力的语言会被设计来阻止交流。

"没有这种检验的生活不值得过。"这是苏格拉底的审判辩护中最著名的句子。他指的是公共哲学所涉及的持续的自我检验。哲学是公开辩论之事,否则它就什么也不是。仅仅作为另一个专家法人团体的哲学公然回归中世纪经院哲学。

苏格拉底关于自我检验的思想,在2500年的时间长河之中绝非一个孤立的想法,这条时间长河将西方历史上两个重要审判中的第一个与弗洛伊德和荣格的发现分隔开来。精彩的12世纪的真正的个人主义的发掘者们几乎都沉迷于这一问题。

里沃兹的埃尔雷德(Aelred of Rievaulx)问:"如果一个人不了解自己,那他会了解多少东西?"圣伯纳(St. Bernard)写信给犹金教皇(Pope Eugenius)说:"从思考自己开始——不,倒不如以此为终结。"彼得·阿贝拉德(Peter Abelard)写了一本名为《伦理学或了解你自己》(*Ethics or Know Yourself*)的书。

这些人中没有一个提及我们的个人主义的游手好闲的版本,或是提及我们对自我的日益专注。他们的概念不是起自经济学或永恒不变的神话。他们将个体视为存在于一个社会内部的朋友社群中的现实。

你也许想知道,为什么我会在反思20世纪的过程中反复地追溯到12世纪,甚至比那还要早,竟会追溯到苏格拉底?这是种掉书袋之举吗?

我会这样来解释。在人类关系中无所变化的事物是我们不断面对的基本选择。那些基本选择可能会受到物质条件的影响，但物质条件既不会创造它们，也不会破坏它们。

那导致了大多数此类选择的基本对立项在雅典的全盛期被安置到位。它过去是、现在仍是苏格拉底与柏拉图之间的对立。

苏格拉底——口述者，提问者，沉迷于伦理学，寻求真理却不期望找到它，推崇民主，相信公民的素质。柏拉图——写作者，问题的回答者，沉迷于权力，拥有真理，反对民主，蔑视公民。苏格拉底，人文主义之父。柏拉图，意识形态之父。柏拉图最大的缺点也是他不断在政治上取得成功的秘诀。他设法将荷马的神明和命运之必然性与新近发现的理性机制结合起来。

现在，你不会经常听到这一论点，因为写了很多有关苏格拉底的事情的柏拉图，成功地将自己与那位伟大的殉道者混为一谈。他这样做是为了推行自己的论点。结果，苏格拉底似乎有时是个提倡民主的人，有时则是个反对民主的人。有时他站在街道上，显然很享受他与市民的语言交锋；有时他在贵族的晚宴上，对全体公民做出侮辱性的精英式评论。

其结果是,柏拉图主义者,其对由高智慧和高学识所肯定的权威主义有着基本的信仰,能够或多或少地将苏格拉底算作自己中的一员。更糟糕的是,他们能够将审判和处死苏格拉底当作证据,以说明民主政治是件卑鄙之事,而公民也是可鄙的。

对于那些肯花时间的人而言,总是有可能将这两位哲学家区分开来。由于作者只有一个,所以困惑留在了语言之中,但苏格拉底的行为表明了他的实际立场。

然而,格雷戈里·弗拉斯托斯(Gregory Vlastos)近期的一部著作现在已经将所有那些困惑清除干净。《苏格拉底:讽刺家和道德哲学家》(*Socrates: Ironist and Moral Philosopher*)[18]是当今最重要的学术著作之一。它是交流和理解我们基本的西方论点的、颇有价值的、了不起的工具。弗拉斯托斯利用了苏格拉底的所有文本,将它们分解为三个阶段的十篇论文。他证明,早期的苏格拉底要么与中期的和后期的苏格拉底意见不同,要么只是在讲述不同的事情。越来越清楚的是,早期的苏格拉底大致是大师的思想的忠实演绎者，由当时仍易受影响的年轻信徒柏拉图所记录。后两个阶段是成熟的柏拉图本人，他将苏格拉底用作一个戏剧角色——如果你愿意的话，也可以把他说成是柏拉图自己理念的后援。

早期的苏格拉底是个民粹主义者，后来的苏格拉底则是个精英主义者。早期的苏格拉底追寻知识，却声称自己没有知识，后期的苏格拉底追寻说明性知识，并确认自己找到了它。早期的苏格拉底最偏爱雅典体系，后期的苏格拉底将民主政体列在最糟糕的统治形式之中。在那同一语境中，《理想国》(*The Republic*)的第二卷到第十卷提出了一个复杂的乌托邦——将会成为现代意识形态的东西——的模型。然而，第一卷，即最早的一卷，却没有此类东西。

用弗拉斯托斯的话来说："随着柏拉图的转变，他的苏格拉底的哲学人格也发生了变化，吸收了作者的新信念，并为这些新信念辩护，怀着以前对话中的那位苏格拉底在为作者与那位早期人物之原型共同持有的观点进行辩护时的同样的热情。"[19]

所有这一切对身处20世纪后期的人们而言意味着什么？可以说，它意味着，人文主义的、个人主义的、民主的论点从我们文明伊始就以一种直接的、畅通无阻的方式来到我们面前。随着数世纪以来对这一论点的每一次成功表述，语言变得清晰明白，无私的公益理念得到强化，公民被鉴别为合法性之源。这条伦理的、人文主义的、民主的路线延续了2500年，摆脱了并独立于经济、技术、知识精英主义和军事力量的相关细节问题，以及其他西方经验的定期表达。

用苏格拉底自己的话说，他的目标是："决定我们生活的经营方式——我们中的每个人应当如何让自己过上最优越的生活。""我们应当过什么样的生活？""勿一日不言善。"

与所有这些相反，我们也可以将柏拉图和柏拉图主义者的观点弄得一清二楚——千百年来，他们像人文主义者一样变化多端。只要读一读《理想国》（也就是说，从第二卷开始），我们就可以找到现在正强加于我们身上的法团主义乌托邦的初始模式。在中世纪，我们发现柏拉图的哲学王被融入了基督教，从而导致了专制帝王的产生。[20]我们在当前新保守主义运动中的思想家中发现了相同的哲学王之精英主义。正如弗拉斯托斯所指出的：苏格拉底的"说你相信的事"

变成了柏拉图的"纯粹的工具主义的公正概念"。通过柏拉图的过去,我们便可明了我们今日精英们的令人不快的沉默以及他们对法律的霍布斯式的品位,即不是用法律来寻找公正,而是用以订约和恐吓。我们可以看到并了解,柏拉图主义者正大权在握。

不过,苏格拉底与柏拉图的对立还能通过其他方式被加以利用。年轻的信徒柏拉图因自己老师的信念和死刑而痛苦。但让我们来问一个不负责任的问题。如果柏拉图在公元前399年处于苏格拉底的年纪——也就是70岁——并被选为由501位公民组成的陪审团的成员,他会如何投票?我当然对此一无所知。我们所知道的是,到了70岁时,柏拉图,一个伟大的天才,变成了乌托邦的贩卖者,绝对问题的绝对回答者,精英主义者和权威论者——倾心于秩序,蔑视公民的权力,也就是说,蔑视一个民主政体中的正当合理的怀疑者。

另一方面,苏格拉底已经活到了70岁,而他的审判,充满了讽刺性的幽默、质疑和一种令人畏惧的意识。从乌托邦者的视角看,他是种怀疑的力量,因而是混乱的力量。

这个证据表明，柏拉图也许难以投出无罪的一票。

这个不负责任的问题是个向我们自己提出的有趣问题。或者，是向那些致力于引导我们的人提出的有趣问题。例如，阿兰·布鲁姆将会如何投票？迈克尔·奥克肖特呢？在我们的精英领袖之中，谁不害怕去接受他们一无所知这一有意识的领悟？假如他们受到那种鼓励了他们对答案的痴迷——或者不如说，对我们现在所谓的对解决方案的痴迷——的恐惧的驱使，他们会怎样投票？

现在也许是回归我对分为公共和法团主义两部分的语言的分析的正确时刻。法团主义语言本身又分为修辞、宣传用语和专业术语——三种用于阻止交流的意识形态工具。

很难将前两者区分开来。修辞描绘的是意识形态的公开面孔。宣传用语售卖修辞。两者的目的都在于使谎言正常化。我在前文引用了乔治·布什的就职演说："我们知道如何为地球上的人提供更加公正和富裕的生活：通过自由市场、自由言论和自由选择。"正如我所指出的，这一言论既不正确，其中的元素的排序也有误。不过，你现在也可听到毫不费力地从带有其他政治用意的其他政府中流出的相同的修辞。加拿大的自由党政府在其1995年的外交政策宣言中宣布——仿佛它是种显而易见的事实——"对人权加以最好保护的往往是那些对贸易、资金流动、人口迁移、信息，以及有关自由和人的尊严的理念持开放态度的社会。"[21]这同样可被证明是不正确的。许多独裁者都对贸易、资金流动和人口迁移持开放态度。但最重要的还是要注意那荒唐的排序，自由被附着在旨在描述人权保护的长名单的尾部。这种修辞与我引述的托尼·布莱尔的那番言论如出一辙："经济政策的决定性环境是新的全球市场"等等。

这种冗词赘语的现代起源是16世纪正规的耶稣会的修辞。其目的是通过为知识权威提供建议来赚取信任。在20世纪也是如此。例如，墨索里尼法团主义运动的知识分子领袖阿尔弗雷多·罗科（Alfredo Rocco）认为，感谢资本积累和大规模生产，社会将"依照伟大的工业帝国及其结构的要求"得以重塑。[22]煞是有趣的是，这恰恰应验了布莱尔的话，而且它完全符合布什和加拿大政府提出的自由的排序。

修辞是形式化的、公认的智慧。但这种想模仿知识权威的渴望也涉及创造出可以模糊真实事件的抽象概念。纳粹是这种方法的源头之一。[23]尤为引人不快的任务被交付给工程的或商业的描述。废除政治党派的做法被称为"放入同一个齿轮"。灭绝营的牺牲品要服从"特殊处理"。我们一直在继续着这种有关人类事件的机械式描述。解雇员工现在被称为机构精简。法国人称之为*degraissage*——脱脂。

这种类型的抽象是划分为利益集团的社会的自然结果。实际上，当今公民所面对的困难之一是弄清那些被当作公开的辩论材料呈现出来，但实际上只不过是利益团体的形式化的政治宣传的东西。现在在公开辩论中很少听到不是来自某个组织的官方喉舌的声音。这些发言人怎么可能说出任何不属于其团体的直接利益的话语来？即使我们在听取来自智库的发言时，我们也听不到思想。我们听到的是为那些资助他们的人辩护的修辞。

至于纯粹的宣传用语，其作为目标直指公众的售卖装置，在本质上与广告如出一辙。确实，我们通常会忘记，私人广告的方法，如那些公共宣传一样，是在20世纪

30年代和40年代在德国和意大利发展起来的。

"民众不必知情,"墨索里尼经常说,"必须相信……只要我们赋予他们山可以被移走的信念,他们就会接受山可以移动的幻觉,于是幻觉也许就成了现实。"他说,始终要"令人激动和具有爆炸性"。[24]信仰凌驾于知识之上。情绪凌驾于思想之上。

宣传用语的典型特征之一是,在任何可能的地方,音乐和形象都会代替文字。这在电视上和电影中尤为容易,在这些地方,文字在重要性方面,天生便处于第三的位置,位于图像和非语言的声音之后。

我们全都知道音乐可能对我们产生的无法控制的、解放性的或启发性的作用。正如图像通过一种更为直接的方式能够做到的那样。这些都是语言很少能够达成的影响。我不是在暗示某种较高级或较低级的艺术登记表,而是指区分不同功能时的不同平衡。

对于修辞来说,语言是根本,因为文字及其结构被用于设置错误的参数。对于宣传用语来说,语言实际上是不相干的。那正是其关键所在。宣传家的真正技艺开启了音乐和图像的操纵性。这两种艺术也许难以阐述智识理念,却可以十分自然地表达其情感。爱、宗教、民族主义、爱国主义都可被用来庆祝。但它们也可能受到操纵，以便消灭思想。这不是什么新鲜事。新鲜的是，现代宣传家已经变得越来越擅于利用图像和现代交流技术的非语言声音，以激发构成自我检验道路上的障碍的感觉。

古怪的是，严肃音乐——在过去创造了无法控制的自由所带来的真正奇迹的艺术——的趋势在20世纪后半叶已经转向了一种枯燥、机械的理性主义。除了几个显著的例外之外，当代音乐的公众参与领域一直向宣传家们大敞着。

我们现在视之为政治推销和商业广告的两种力量的东西，在莱妮·里芬施塔尔（Leni Riefenstahl）的电影《意志的胜利》（*The Triumph of the Will*）中首次融为一体。她在电影中赞美的是国家社会党（National Socialist Party）1934年的纽伦堡集会。她对摄影机的使用以及她将图像与音乐并置的方式去除了哪怕一丝一毫的有意识的意义。人们看到并相信。如今，可口可乐或CK内衣的销售都直接出自这些方法，大多数当代政治事件的演出形式也是如此。你们中的许多人对这一论点的反应也许是，可那只不过是广告，就好像在说，这是意料之中的事，可以忽略不计。不幸的是，那种做法太过天真。广告的生产成本是节目制作的成本的好几倍。用于为麦当劳制作一则20秒的广告的钱可以资助几个小时的电视节目。从直接的花销来看，支付给印刷新闻的钱只占用于支付印刷广告的钱的一小部分。因此宣传才是目的。内容是虚饰或装饰。

如果宣传不是对语言的否定，这些便都不重要。宣传摧毁了记忆，因而移除了任何现实感。

我讨厌为电视增添负面观点，但它确实十分自然地迎合了广告或宣传的特征。图像和声音流压倒了意义。严肃的节目是存在的，但它不是该系统的自然产物。

1995年4月，克林顿总统举行了他的第四次新闻发布会——八个月以来的第一次。许多人都震惊地发现，三个国家电视网中只有一个播放了它。其他两个播放的是它们的情景喜剧。这是种进步，在过去，每一个电视台都会非常自然地停止商业播报，以便传达某种被认为是共享的公共利益的东西。

事实上，将克林顿总统及其发布的信息实实在在地拒之门外的做法，是自然进化的一部分。在一个法团主义社会，只有私利和具体事情才是重要的。再说，

第二章 从宣传到语言

电视也许正在发现其真正的度量方法。在总统的新闻发布会的几个月前,一个研究小组要求美国杂志的编辑们列出当年最引人注目的事件。O. J. 辛普森(O. J. Simpson)的审讯位列第一。冰球罢工位列第三。一次花样滑冰比赛中的暴力争吵位列第四。许多人再次震惊于这一要事清单。但这不正是西方国家最依赖宣传——也就是依赖电视——的自然表达吗?这种现象是否会因为美国现在拥有西方世界中最糟糕的公共教育体系这一事实而加剧?

针对最初十二年左右的训练的高质量的国家公共教育学校体系的存在,是合法性存在于公民之中的民主政体的关键。乍听上去,这也许好像是出自身为母亲者的言论。但现实是,在西方各国——不只是在美国——我们都在脱离那一有关高质量的公共教育的简单原则。而在这么做的过程中,我们正在进一步地破坏民主政体。

为什么会发生这样的事?理论上看,这是因为金钱的短缺。但对于那些吸引着法团主义精英的高等教育领域而言,却不存在资金的短缺。实际上,因为金钱被从公共教育层面抽走了，用在了更受青睐的高等教育之中，所以公共教育的质量下降，更多的家长选择了私立学校。在为自己孩子转学的过程中，他们也移除了对该体系的任何责任，从而加速了那一转变。当然，与较低和较高层面相关的税收和管理体系是错综复杂的，在技术上是相互独立的。但从远距离看去，可以看到的只不过是利益、责任和资金的转变。

在公共教育的核心角色周围，并没有什么神秘之事。革命的工业家罗伯特·欧文（Robert Owen）在英国工业革命初期指出："最强大的商品工具尚未被交到人的手中。"[25]他还在他的新拉纳克（New Lanark）示范工业区中证明，赚取高额利润和资助教育是可以同时进行的。就连亚当·斯密也相信："最不相同的人之间的差异，例如，一位哲学家与一位普通的街头搬运工之间的差异，似乎更多不是源于自然，而是源于习惯、风俗和教育。"[26]不过，斯密的当今追随者们却成了旨在去除基础教育之公共义务的运动的排头兵。当今的核心主题围绕着"品质"而展开，那实际上意味着，重点应当转向通过该系统将最好的营养提供给精英结构。这是种标准的按等级划分的、法团主义的方法。

足够有趣的是，这一证据表明，创造世界上受到最优质教育的精英实际上对一个国家并无帮助。最爱使用这一方法的两个西方国家——英国和美国——也存在最持久的和最普遍的社会和经济问题。

假如公共教育中确有一种新兴趣，那就是它会主要聚焦于使基础教育与工作市场的需求达成一致。这种看似务实的方法是种幻觉。聚焦于技术，例如计算机，只会造就过时的毕业生。问题不是如何传授飞速增长的技术中的技艺，而是教会学生思考，给予他们思考的工具，以便他们能够应对包括技术在内的巨大变化，在接下来的数十年中，这些变化将不可避免地出现在他们面前。

再者，引导这种向工作联盟的转移的是管理阶层——公共的和私有的。但我们社会和经济中的危机主要来自管理人员的供过于求——重负由其余的经济部门来承担。这些管理人员——法团主义的捍卫者——使高等教育安于现状，因为它仍在将知识分成更为狭隘的专业化领域。

我们中那些相信大学的人一定无法阻止对它们的批评，因为害怕它们在危机时会进一步被削弱。那将是种虚假的友情。大学在很大程度上已经变成了法团主义体系的女仆。这不是仅仅因为学术的专业化及其令人费解的学术性专业术语，这些东西已经反过来变成了政府和行业行为的面纱。

严厉得多的批判将是，许多高等教育背弃了它们更广泛的使命。假如大学不能将人文主义传统当作其最狭隘的专业化领域的核心部分来传授，那么它们实际上已缩回最差劲的中世纪经院哲学。克服私利和狭隘观念的需求始终是作家与社会之间的一个问题。我们可以发现因佛罗伦萨的精英们"全都过于唯利是图"[27]而对之发表演讲的但丁。或者，对学术界沉迷于理当发挥作用的抽象理论之举加以嘲笑的乔纳森·斯威夫特（Jonathan Swift）。在飞岛科学院（Academy of Laputa），他参观了从黄瓜中提取出的瓶装阳光，然后进入另一个充满恶臭的房间。在那里，他发现了

> 该学院年资最老的学生……他的工作是研究如何将人的粪便还原为食物，方法是将粪便分成几个部分，去除胆汁分泌物的气味，让臭气蒸发，撇去浮沫。他每周可以得到社

第二章 从宣传到语言

会为其提供的装在一只跟布里斯托酒桶差不多大的器皿中的定量供应的粪便。[28]

这令人想到芝加哥经济学派有关市场机制的自然平衡的著作。不知怎的，情况就是不平衡。然而，他们收到了比布里斯托粪桶多少要大一些的定量供应，并奇迹般地维持了——如果你能原谅形象的变化的话——公认的智慧的贞洁。

此处的核心问题是，一个不教精英们如何让自己克服私利和狭隘观念的大学社区。它做不到，这是因为它已经让自己滑入了私利和狭隘观念。在一个由专业法人团体构成的世界中，私利和狭隘观念的出现真是轻而易举。

这在社会科学中尤其是个问题，社会科学对于被动性的兴起的贡献比大多数因素都多。为什么？因为它们的艰辛劳作仍然背负着成为伪科学的负担。他们的实验未提供任何可以凭借真正的科学方法来加以度量的进步。为了取代真正的证据，他们被迫堆积起与人类行为相关的大量文献——其中没有一篇是证据，甚至很少是例证。此类材料既不具备历史力量，也不具备创造力量。

与其一起发挥作用的是间接证据。这意味着要通过体量来创造有证据的印象。无论可信与否，它都变成了理论上固定不变的措施的基础——一种在理论上被建构的社会真理。这种知识的印象导致了社会科学家的被动性。他们声称自己拥有真理，但这些东西太过脆弱，无法导致除被动性之外的任何东西。

政治科学可能是这一现象的最大牺牲品，但它是最为重要的经济学"真理"的结果。"成为腐儒的奴隶，"米哈伊尔·巴枯宁（Mikhail Bakunin）说："这是人类的命运。"

这种向狭隘性的无休止的驱动真的是不可避免的吗？我们拥有的日益增长的信息微粒真的需要这种破坏性的教育方式吗？它有作用吗？它真的能够产生知识吗？能产生理解吗？或者，这种反省禁闭真的能导致克尔凯郭尔（Kierkegaard）所说的"可鄙的怨恨"吗？

启蒙运动对当时的大学里的经院哲学家的回答是，他们的反省没有作用，改变是必需的。改变意味着怀着对现实的更大开放性重返人文主义视角。其结果是创造力的飞跃、语言的丰富和知识的传播。

第二章 从宣传到语言

鉴于我们的方法类似于回归经院哲学家的方法，所以也就不必惊讶于大学是在多么平顺地适应法团主义结构。每个专业都有其范围，各自都在发挥其有限的作用。在20世纪30年代和40年代，德国和意大利就已经遭受了这一现象的折磨。大多数学术带头人都一往无前地去与反民主的新政权合作，开始撰写智识文本，以便加强官方的、政府的法团主义理念。

我不是在暗示，我们当今的大学充斥着穿着纳粹制服的马丁·海德格尔们。我所说的是，我们正面临语言和交流的危机。大学正在使这种危机加速，而非停止。我们面临着由我们的法团主义结构带来的盲从危机。虽然大学应当成为积极、独立的公开批评的中心，可它们反而往往置身于自己的法人团体的保护面纱之下。我们面临着记忆危机，面临着失去我们的人文主义基础的危机。本应体现人文主义的大学反而沉迷于让自身与特殊的市场力量结盟，继续着对专家定义的追求，这些专家定义显然是他们反对迷信和偏见的保护伞。不过，在专家社会中，在其专门领域内通过与参考资料、定义的决斗相互交流的人成了一种控制手段——一种使得对令人神魂颠倒的路标迷宫的寻求代替了对于理解的寻求的方式。

特殊的边缘现象,例如政治正确,通常都呈现为对言论自由和学术自由的攻击。将它们描述为,为了各种学术社团的控制权而进行的复杂的内部斗争的另一个方面也许会更准确些。相互矛盾的修辞学派掩盖了追求权力的相互矛盾的法团主义力量。

至于教育与市场力量的结盟,在某些环境中,当然可能确实有用。但那些环境普遍会涉及中等职业学校的训练,例如商业管理学院,它们根本就不属于大学。如果它们得到资助,并由作为独立的学徒机构的行业直接经营,那么它们将高效得多。

法团主义方法似乎遗漏的是高等教育的简单的、核心的角色——传授思想。毕业时身怀机械技艺却毫无思想习惯的学生是没有受过教育的学生。这类人很难扮演其公民角色。为了有利可图的专业化的缘故而削弱人文科学会破坏大学传授思想的能力。

让我们最后一次回到苏格拉底对经过检验的生活的辩护上。那个著名的短语出自他的真正演讲的最后一段。我将依照其适当的语境来引用它:

也许有人会说:"可是,毫无疑问,苏格拉底,在你离开我们之后,你可以用你的余生去安静地思考你自己的事。"这是所有事情中最难让你们中的一些人理解的事。假如我说……我无法"思考我自己的事",你们不会相信我是认真的。另一方面,假如我告诉你们,不要在不讨论善和其他所有你听到我正在谈论的主题的情况下虚度每一天,检验我自己和其他人是人所能做的最好的事情,没有这种检验的生活不值得过,你们甚至会更加倾向于不相信我。不过,先生们,情况就是如此。

对此我只能加上一句:情况确实如此。

第三章 从法团主义到民主政体

个体公民所拥有的最强大的力量是其自身的政府。或者说是多个政府，因为层级的多样性意味着力量的多样性。

个体没有其他可以声称其属于自己的大规模组织机制。存在其他的机制，但它们会将公民贬抑至从属地位。政府是唯一可使被称作公共利益的共享的无私层面成为可能的组织机制。若是没有这一更大的利益，个人就会被贬抑为一个更小、更狭隘的存在，只局限于即刻的需求。于是，他会顺从其他更大的力量，这种力量必定会出现，以填补因公共利益的萎缩而留下的空白。那些力量用以填补这一空白的是一些为其自身目的而非更大的公民目的服务的其他定向利益。因其占领了被抛弃的领地而对其加以指责，将会是幼稚之举。

有些人谈论个人主义时，仿佛它是政府的替代物。还有些人则将个人主义视为政府的敌人。

让我从不证自明之事开始。我们不只是一个人。我们不只是一个家庭。我们不只是几个家庭。我们是千千万万的人。因此，我们存在于社会之中。

我们中的西方人能够生活在社会之外，那是数千年前的事了，只有在一些古怪的临时性事例中才会有例外。例如，美国西部的开放，无论好坏，都是个对少数人有用的短期的例外。在加拿大，西部的开放并未导致更大的社会结构的崩塌。今天有很少的人确实独自生活在北极科考站之类的地方。他们只是我们数百万人中的几百人。

因而个体是生活在社会中的。那是个人主义的首要特点。唯一的问题是，那种社会将采用何种形式。正如我已经指出的，社会形式说到底就是合法性之所在。有四种选择——一位神明、一位国王、各种团体或作为一个整体而行动的个体公民。

那么，个体如何可能取代政府？在民主政体中，他们就是政府。大获全胜、不属于团体或组织的个人的神话是纯粹的浪漫主义，而我要再重申一遍，浪漫主义是意识形态的奴仆。

个人没有痛打大公司或击败大部队，为什么我们会期待他们来取代政府？重点是，将会有一个政府，因为总是会有一个政府。人们问：什么样的政府？多少政府？我认为首要的问题是：谁的政府？如果个人没有占据其合法地位，那么该位置就会被一位神明、一个国王或一个利益团体之结合体所占据。如果公民不践行其合法性授予他们的权力,其他人就会这么做。

许多将个人主义视为一种替代选择的人还认为,政府应当被正式地排斥在某些领域之外。公共事业在他们的排斥名单上占据首位。有些人希望将政府职能降低到最小限度,只用以应对暴力——内部暴力(法律和犯罪),以及外部暴力(国防和外交事务)。

公民也许非常想知道,为什么他们要将人为的限制强加在他们唯一的力量之上。可是,其他合法性中没有一个能够做到无私。如果全体公民同意将自己排除在任何既定领域之外,那么他们便自动地排除了公共利益可以在那个领域发挥任何作用的可能性。

片刻之前,我提到过那些将政府视为个体的敌人的人。他们认为,政府已经落入另外三个合法性中的一个的手中。

许多视政府为敌人的个体几乎只把焦点放在政府的官僚主义上。他们的看法是,官僚主义已经接管了一切。这是种完全合情合理的恐惧,包含着大量事实元素。但在那一层面上——政府是官僚主义的,而官僚主义是敌人,所以政府即敌人——攻击那个问题,将会错失重点，在错误的道路上越走越远。

事实上，这一纯粹的逻辑谬误，源于经典的中项不周延。相关逻辑漏洞百出，所以尽管它具有中世纪经院学者的风范，却会受到他们的抵制，因为它是抽象推理的低级样本。

对官僚们理论上的可疑意图忧心忡忡也并不特别管用。大部分官僚都将自己视为完全意义上的公务员，心中怀着善意。担心公共官僚体制尤其臃肿到了尾大不掉的地步的问题，也没有用处。20世纪见证了所有管理类型的大爆发。我们的整个教育体系的目标是造就各种各样的管理者。政府的管理者，这没错，但商业也由头重脚轻的官僚体制所把持。我要指出，如今，私有部门的管理问题的固定载荷要远远大于公共部门的。我要指出，私有部门在过去20年中一直无法复兴和彻底改造自己的重要原因之一是缺乏创造性，这是由一个管理的而非一个富于创造性的、以业主为基础的领导集团所导致的。第二个重要原因是，管理的上层结构的成本现在太过沉重，无法产生次级结构。管理者使经济负担过重。

因此，那些带头反对政府的人的看法——社会将

第三章 从法团主义到民主政体

由较小的政府来振兴——是幼稚的或不真诚的。责任将被简单地转给私有部门中同样（如果不是更加）懈怠的官僚机制。更有甚者，私有部门的官僚机制通过将公务员妖魔化，模糊了公民的合法性以及只有那种合法性才会导致的公共利益的重要性。人们因为对政府恨之入骨而变得如此困惑，以致忘记了它本应是他们的政府，是他们所购置的唯一强大的公共力量。

这正是使新保守主义和市场力量的论点显得如此无诚意的地方。它们在将公共部门妖魔化方面取得了显著的成功，这已使许多公民转而反对他们自己的机制。我们中的许多人已经卷入不怎么考虑公民福利的事业之中。那是我们的福利。相反，公民被降格到了伏在市场王座脚下的弄臣的地位。

大卫·休谟在这个论点的中心画下了一条简单的线："最为确定的是，在很大程度上，人为利益所支配。"[1] 一直以来的趋势是：既减少那一限制条款——"在很大程度上"，又在语境之外使用句子的其余部分，以便指出，公共利益是种虚构，私利必定当权。有人认为，为私利提供最佳服务的是市场。

然而，那并非休谟的真意。是的，他是对人类素质有点怀疑。而且他的确相信"在当时改变了西欧的商业的教化之力"。[2]但他也曾寻找文明如何能够最大限度地限制私利的消极影响。正如他的传记的作者尼古拉斯·菲利普森所指出的：

> 休谟的全部哲学，他的全部历史，都将指向这样的目标：教导男人和女人在普通生活中而非身后世界中寻找幸福，教导他们关注自身对其公民同胞的责任，而非对一个迷信的神明的责任。[3]

如今，神明已为另一个名为市场的意识形态所取代。休谟也许一直欣赏商业。他不曾将它视为天神。

即使你在面对价值时接受市场理论家对休谟的解释，可为什么那就会鼓励公民为了私有部门而抛弃政府？毕竟，如果人为利益所支配，那么那些成功者就没有义务去担心生活在自己之下的各个阶层的99%的人。

亚当·斯密非常清楚，如果情况允许，有钱人——他称之为主人——会如何依照自己的利益而行动：

第三章 从法团主义到民主政体

> 无论时间、地点，主人们都会秘而不宣但持续一致地联合起来，付给劳动力低于其实际应得数目的工资。在所有地方，违背这种联盟都是最不受欢迎的行为，好似当着主人的邻居及同辈人的面羞辱他。实际上，我们很少听说这种联盟，因为它是事物的常规状态——你也许会说是自然状态……有时主人们也会加入特殊的联盟，将劳工的工资压得甚至更低。这些行为的实施通常都伴随着最大限度的沉默不语和守口如瓶，直至完成的那一刻……[4]

我要重申，那是亚当·斯密，不是卡尔·马克思。

斯密所描述的过程也许听上去很耳熟。如今赞同降低工资的论点是，鉴于全球性竞争，高工资是自取灭亡之举。然而，斯密将主人们的态度归咎于纯粹的私利："事实上，高利润更多地倾向于抬高（一件）产品的价格，而非提高工资。"[5]

我想说的是，个体和政府血脉相连。如果我们采取行动，通过取代或反对政府的核心角色的方式切断那条血脉，我们便不再是个体，而是会恢复到臣属状态。如果民主政体失败了，那么最终失败的是公民，而非政客。政客始终会在新的权力构成中找到新位置——当选者对私有部门之利益的日益依附就是证据。

我认为，在很大程度上，我们已经切实地投入切断我们自身的动脉——手腕上的和喉咙上的动脉——的行动中。如果我们堕入此类愚蠢的行径中，那主要是因为我们听信了我们的精英们的劝说，认为民主政体是自由市场体系的副产品。于是，如果该体系及其管理者得到遍布西方各国的经济部门的侍从的支持，得到其热心的新保守主义的弄臣的不由分说的叫嚣声的支持，如果所有那些人和机构都表示一定要变革，那么，我们就会心怀敬意地低下头来。

所以，让我把头抬得时间足够长，以便较为详细地解释民主政体和个人主义的真正根源。我已经谈到了我们人文主义的雅典起源和言论自由的起源。我简略地述及了12世纪的文艺复兴运动，它导致了现代知识分子从臣属状态中解放。

第三章 从法团主义到民主政体

那是一个影响了社会许多方面的过程。例如,宗教见证了个人忏悔的兴起。在之前的 1000 年间,罪行忏悔很少被执行,并且通常被当作一种群体赦免的手段。权力掌握在教士手中,因为他们是人与上帝间的必不可少的中间人。突然间,忏悔成了某种被完成之事,而且完成它们的通常是个体。人们意识到,不仅个体确实会犯罪,而且他和她也有得到个别宽恕的权利。足够有趣的是,重点不是教士的赦免,而是来自上帝的自动宽恕,条件是有罪者的意图良好,这种宽恕当然是人与上帝之间的。假如信奉者的意图被承认是重要的,那么教士们就会失去对直至那时仅仅是臣属之人的根本权威。[6]意图这一观念的出现对于个人主义和民主政体随后的兴起至关重要。意图是种自知形式。

同一个世纪见证了个人肖像的出现,也就是说,肖像的绘制不再依照有关臣子之社会状况的刻板印象。画家开始签名。他们是对每一视觉行为而非公职人员负责的个体。陪审团出现——因而公民担负起了执行正义的责任,他们投票的权重得到计算。这是离开直接民主制(即暴民正义)、离开决定权掌握在专家或权威者手中的等级或定性正义的重大步骤。[7]在乡村，公民选择自己的地方官员，制定自己的规则并监督他们。在城镇，协会、联盟、兄弟会和行会如雨后春笋般地涌现。如在乡村一样，这些组织的成员是平等的。他们平等地投票和管理。[8]这些行会截然不同于法团主义者企图在19世纪和20世纪初创造的、如今已经掌握了这种权力的等级分明的特殊利益群体。

这些最初的行会导致了公共服务的增加。阶梯圣母教堂（Santa Maria della Scala）——一座位于意大利北部锡耶纳（Siena）市中心的医院——自从11世纪起一直在服务大众。它是涉及各个公民群体的公益之产物。

巴黎的约翰（John of Paris）几年后写道，个体的"自然本能"（instinctus naturalis）导致其形成了构成国家的共同体。[9]

也正是在12世纪，里沃兹的埃尔雷德谈及三种爱——爱自己，爱他人，爱上帝。这三者"尽管显然各不相同，却如此神奇地相互吻合，不仅在所有这三者中都能找到每一种，在每一种中都能找到所有这三者，而且你只要拥有其一，就能拥有全部，如果其一

第三章 从法团主义到民主政体

失利,则全部都会失利"[10]。注意,这三种爱,与信仰、希望和慈善这些被教会所认可的忠诚信仰者的等级分明的标准品质全无关联。还要注意的是,信仰和希望是被动的品质。信仰者的信仰和希望是对他将要从神圣力量那里获取的东西的表达。慈善对于大多数人而言也是被动的,他们很少处于做慈善的地位,而更多的是从精英那里获取道德的、伦理的和具体的慈善。

在这同一个时代,情诗越来越多地赞美单一的男女关系。讽刺——个体公民的基本工具——重获新生。

最终,在再建教皇权力的天主教律师的官僚机构的冲击下,12世纪的个体的人文主义复兴运动走向衰退。皇室家族试图使自己的王国集权化,在此过程中开始不断攫取其公民的权力。人文主义者的圈子中,某种痛苦情绪与日俱增,尤其针对的是专职的野心家——当时的专职弄臣。

可是,人文主义运动绝不会灭亡。在13世纪,《大宪章》(Magna Carta)的作用绝非只是赋予男爵权力。尤其是第39条,所有自由人的权利都得到开列。其要点是,没有一个自由人将与法外权威交涉。随着时间的推移,那一条款很快从"没有一个自由人"扩展为

"没有人"[爱德华三世的条律（Edward III Statutes），1331]，进而扩展为"没有无论处于何种阶层或状态的人"（1334）。

托马斯·阿奎那（Thomas Aquinas）明智地列出了自然与超自然的对立概念，即公民与忠诚的基督徒的对立概念。调节自然的是积极活跃的希腊时期的美德——公正、节制、谨慎和刚毅；调节超自然的是消极被动的天主教美德：信仰、希望和仁慈。这意味着，个体公民现在可以参与公共事务，而不会被天主教的要求或假设所压制。

几年后，但丁在《帝制论》（Monarchia）中宣称，"只有人才是人类文明的构成要素"，帕多瓦的马尔西利奥（Marsiglio of Padua）则称，"（人）以公民社会的整体形式采取行动，现在拥有了主权，因为他们本身被认为是初始权力的承担者"。[11]

这一整体的人文主义运动出现过一时的倒退，然后随着16世纪《圣经》的翻译而再次向前推进，《圣经》的翻译将强有力的语言从权威手中夺过来，交到了个体手中。人文主义的那一潮流一部分由伊拉斯谟（Erasmus）领导，另一部分由意大利文艺复兴运动所

第三章 从法团主义到民主政体

领导。第二次倒退伴随宗教改革及其对权威的重新加强而至。其结果是因宿命论而生的悲观主义或被动性。几乎在同一时间，罗耀拉及耶稣会士们通过使理性与其目标相配合，为反宗教改革运动煽风点火——破坏了人文主义和个人主义。

但是，接下来的17世纪中叶的英国革命将一个全新的阶层带至前沿阵地，因为为克伦威尔（Cromwell）提供支持的既非金钱，亦非大家族，而是自由民和绅士阶层。整体的地狱观念——连同它的永恒之火的威胁——在该世纪末的式微导致了大多数人有权进入天堂这一观念的兴起。这进而导致了有关民主的理论。

你将注意到，在这整个过程中，只字未提经济的作用，更别说经济的决定性作用了。那是因为经济根本没有发挥作用。至多不会超过其在整个启蒙运动中所起的作用。

从总体上看，民主政体和个人主义在无视特殊的经济利益并经常与之作对的情况下得到推进。民主政体和个人主义的基石是经济上的牺牲，而非经济上的收获。甚至在雅典，定期参加议会的7000位公民中的大部分人都是农民，他们不得不放弃几天的工作，以便前往市中心去谈论和倾听。

那么，我们是如何开始认真对待像经济学家米尔顿·弗雷德曼（Milton Friedman）这类人的？他四处招摇，以一种愚蠢的、实际上不成熟的方式将民主政体与资本主义等同起来。

我猜，部分答案是，另一种观点——传统的反民主的观点——在20世纪大部分时间中都戴着各种各样的面具在缓慢向前。墨索里尼向大工业企业许诺，一旦他掌权，他就将抛弃民主政体，将意大利带向繁荣富强，提高政府工作效率。因此墨索里尼得到了这些大工业企业的资助。社会学的奠基人之一埃米尔·涂尔干已经勾勒出法团主义的理想结构，在这一结构中，国家和利益团体是一体的。"法人团体的统治为国家保证了公民的温良恭顺……从而使国家得以脱出身去，以实施统治，其基础是'道德本身……不是它在被具体化为当前的实践活动的过程中所经历的变形，这些实践活动只能不完美地对其加以传达'，因为它们被'降低到了人类的平庸水准'。"[12]"当前的实践活动"和"人类的平庸"指的是民主政体。

第三章 从法团主义到民主政体

新保守主义之父迈克尔·奥克肖特在表示了对民主政体的轻蔑后,为了常识和实际经验的缘故谴责了意识形态和理性。但在开始谈及经济时,他忽地变成了我只能称之为理性空想家的人,这些空想家将经济视为一种完全独立于人类社会现实之外的科学抽象概念。听听他是怎么说的:

> 经济学并未企图概括人类的渴望或人类的行为,而是志在概括价格现象。它将特定的人类世界遗忘得越彻底,它对传达这一世界的词汇的抛弃就越彻底,它确立自身的科学特性时便越清晰明确。[13]

因此,社会秩序应当建立在人类经验的基础之上,除非在经济令人费解地遇到问题之时。经济学将被视为绝对的科学真理。

许许多多的其他法团主义者和市场理论家在整个20世纪30年代、40年代和50年代都步履维艰。米哈伊尔·迈诺伊雷斯科,阿尔弗雷多·罗科,弗里德里希·冯·哈耶克(Friedrich von Hayek)。将他们联系在一起的是对市场的宗教般的热爱,以及他们无法将政府视为正当的公民力量。也就是说,他们受能力所限,只会将人视为受利益驱动的存在,这使得他们不可能想象一种被称作公共利益的、被积极地加以组织的无私共享状态。

似乎工业革命造成了严重的精神创伤,这种创伤仍在向外延伸,消灭着某些人的记忆。对于他们而言,现代历史始于一次大爆炸——工业革命。这是种标准的意识形态方式———颗星星划过天际,一颗流星爆炸了,于是历史开始重新来过。

其结果是,你发现彼得·德鲁克(Peter Drucker)之类的知名管理专家如今宣称:"保姆国家是种彻头彻尾的失败。"[14]

好吧,实际上,情况并非如此。保姆国家做了很多事,而且做得非常出色。确实,现在出现了一些严重的问题,这部分是由管理领导集团所造成的,部分也是由太长时间段中太多的渐进式变化所造成的。此外,没有人只经历过片面的保姆国家。让我们别夸大现实。

但只想摧毁一切而非思考如何修复或加固的行为

第三章 从法团主义到民主政体

意味着什么？那意味着意识形态。那些怀着世界是在七日之内创造出来的奇迹幻想的人，或者，在这个例子中，那些怀着世界是从工业革命以后才创造出来的奇迹幻想的人，需要一种完全的断裂，以便明确肯定其模式。这种模式（无论该模式是以市场为中心的还是法团主义的）的核心是利益观念和对无私的否定。

我正在描述的并非是新问题。我提到过，但丁在13世纪末曾谴责佛罗伦萨的精英们"全都过于唯利是图"。1993年，行将退休的法国特勤局（the EGSE）局长向其聚集起来的特工们发表讲话。他说，他们所要应对的最危险的情况是"对所有形式的金钱的极端追求"和"精英集团的腐败"。他说"世界上很多地方的政治和经济统治阶层现在对待金钱的态度就仿佛它没有铜臭味似的"，以致清白者与罪犯混为一谈。[15]可是，这段出自一位公职人员——提醒你一下，这是在他上班的最后一天——的极端得令人大吃一惊的言论却不是对一个只相信私利的社会的令人吃惊的描述。

可是，尽管法团主义将社会限制在私利的范围中，但它远非只做了这些。当我回顾法团主义的早期和近期定义时，我总是为我们接近那些意图的程度而感到不可思议。

首先，人们仍在将工业化与资本主义和法团主义混为一谈；这种混淆本应使现代经济学家抓狂，事实却并非如此，因为这三者以一种令人安适的、灵活的方式组合在一起。所有这三者都以利益为导向。人们现在认为它们与组织和资本有关。

记住：法团主义在19世纪后半叶的起源见于两件事——对以公民为基础的民主政体的抵制和对以一种稳定的方式应对工业革命的渴望。这些最初的动机将演化为对一个稳定的、管理有方的等级社会的渴望。

再来听听埃米尔·涂尔干是怎么说的。法人团体将会成为"国家的基础部门，成为基本的政治单位"。它们将"抹去公共与私有的差别，将民主政体的全体公民离析为不再有能力参加政治行动的分散的功能性群体"。通过法人团体，"科学合理性（将）达到其应有的地位，成为集体现实的创造者"。[16]

这听上去完全是一派模糊不清的胡言乱语。但想一想我们的社会。当今的真正决策是如何做出的？通过专家群体与利益群体间的谈判。这些都是基本的政治单位。进入这些单位的是不断上升的公民、赢得责

第三章 从法团主义到民主政体

任的公民、成功的公民。公共与私有之间的差别何在？保持距离的概念正在消失。政府服务正落入私人手中。政府正在采用私有企业的标准和方法。至于个体，管理精英中的三分之一到一半的人的公民身份实际上遭到了阉割，因为他们的专业、他们的雇佣合同和普遍的合作氛围使他们不可能参与公共事务。

现在来听听20世纪20年代德国、意大利和法国的法团主义运动的三个首要目标。这些目标是由那些进而成为法西斯经验之组成部分的人所建构的。

直接将权力转入经济和社会利益群体手中。

将企业家的进取心推进至通常是保留给公共主体的领域。

涂去公利与私利间的界线，也就是说，向公共利益之理念发起挑战。[17]

这听上去像是大多数当代西方政府的官方规划项目。

最后还有菲利普·施密特（Philippe Schmitter），他于1974年发表了一篇名为《还是法团主义的世纪吗？》（*Still the Century of Corporatism?*）的论文。[18]这引发了致力于他们所谓的"新法团主义"的整个学术产业的创造。他们共同启动了自1945年以来被知识分子所普遍抵制的法团主义的合法化进程。

"利益代表"一词是施密特理念的核心。他的写作依照的是"自由民主政体的侵蚀/瓦解"的假设。

施密特及其他人似乎假定,这种新法团主义将介入政府与私有部门间的交易。他们认为它也许类似于英国人在20世纪70年代的尝试。当时,工会、行业和政府坐下来试图解决问题。或者,这些辩护者怀着深深的误解或曲解提及了瑞典,在那里,这种尝试要成功得多。他们没有看到的是,不断分崩离析的专家和利益群体正变得越来越孤立,边界正在放开,这会使法团主义成为一种国际事务,在其中,政府和雇主正日益成为虚弱无力的玩家。

特别之处在于,世界各地的这一小股学术势力正在不停地辩论,一边是被他们视为一种独裁的"国家"法团主义的优点,另一边是因仅仅免除了公民的某些民主权利而受到其褒扬的"社会"法团主义的优点。他们似乎从不讨论,公民和民主政体失去任何权力是否是件好事。或者,民主政体是否已拥有足够的权力。

第三章 从法团主义到民主政体

法团主义的引人注目之处是其固有的力量。我们今日所见证的，是其在短短的一个世纪之内向权力发起的第三或第四次攻击。每一次，它都被击退——正像它在第二次世界大战中那样——然后，几年之后，它又重新出现，被重新设计，变得更为强大。

就连强劲有力的法团主义带头人的典型也会以一种新的姿态重出江湖。看一看意大利的新法西斯主义领袖詹弗兰科·菲尼，他现在是一位重要的政府竞争者。他提出的观点类似于一位衣冠楚楚的商业银行家的。看一看奥地利的新法西斯领袖约尔格·海德尔（Jörg Haider），他现在在国家选举中赢得了 1/4 的选票。他就如同一位电影明星，一直以来都亦步亦趋地依照电影明星的风格来设计其光环。当然这只是最新兴起的法团主义的一个细节。毕竟，该体系在西方各国都是一样的，在西方的大部分地区，大权在握的是那些完全正常的政党政客。

然而，未说出口的重大问题是，为什么没人要求一个西方人去选择法团主义，更别说强烈要求它了。它只是在不知不觉地靠近我们，每天都会离我们更近一点儿。

俾斯麦在19世纪下半叶担任德国总理时，曾非常强硬地打出法团主义的牌，并一直握着它，将之作为对经过民主选举的国会成员的威胁。他甚至通过他人散布消息，说他为了改变那一体系，也许不惜发动政变。[19]他遗留下的氛围无疑削弱了国会，在当时和在第一次世界大战之后都是如此。

有人可能会认为，我们现在正处于一场行动缓慢的政变之中。民主政体正在被削弱，很少有人发表异议。你只要看看周围就会明白，法团主义正越来越强势。不过，我们中没有人曾为我们的社会选择了这条道路，尽管我们的精英们会欢天喜地地沿着它走下去。

墨索里尼说："自由对于穴居者而言是可接受的，但文明意味着个人自由的渐趋缩小。"[20]对于20世纪最糟糕的阶段，他怀着一种低能特才（idiot savant）[1]般的感觉。

无疑，法团主义正在造就一个循规蹈矩的社会。它是封建主义的现代形式，却不具备早期城市行会体系的任何优点，在后一体系中，义务、责任和标准发

---

[1] 低能特才（idiot savant），指有严重的学习障碍，但在艺术、音乐或记忆等方面有超常能力的人。——译者注

挥了作用。一点也不奇怪,日本、韩国和新加坡在这样一种氛围中表现得如此出色。它们类似于完美的法团主义国家或良性的独裁国家。

至于我们,我们正在退回到教会的忠实仆从的角色之中。我们仍在与自从6世纪的教皇大贵格利(Gregory the Great)以来就与我们缠斗在一起的老问题做斗争,即在命令不公正时,我们是否要服从上级。

严厉的现代法团主义的缓慢出现可以被视为我们在过去半个世纪中应对这一服从问题的尝试。第二次世界大战之后,当德国军官和官员们因服从命令而在纽伦堡受审和被定罪时,它发挥了巨大的作用。现在,我们淹没在围绕是否该服从命令这同一个问题而展开的审讯和官方调查之中。假如受污染的血液被用于医疗系统中会怎么样?假如一辆车或一架飞机有个报废零件会怎么样?

我们——几乎我们中的所有人——都是某个公共或私人法人团体的雇员。那些服从命令的人正越来越多地得到开释。为什么?因为我们的社会越来越不将社会义务视为个体的首要义务。首要义务是对团体的忠诚。正如荣格所描述的那样,就是"温和而无痛感地退回儿童时代,退回由父母照看的天堂"。为什么?因为"所有群众运动都会极其轻松惬意地滑下由大量成员构成的倾斜面。人多的地方就是安全的地方。众人相信的事情自然一定是对的"。[21]

我们通常会从马克思主义的角度或现代交流技术的角度去思考大众社会。但什么也比不了法团主义社会对大众的控制。与涂尔干同为现代法团主义和社会学之奠基人的马克斯·韦伯预言了一个由全都接受过解决问题之训练的高效而准确的管理者构成的世界的出现。

当然,总是存在其他的看法。福楼拜将"结论狂躁症"说成是"人性中最无用和最无果的驱动力之一"。[22]他将这个现在的管理者们最渴望的属性之一视为宗教的次要表达。那些掌握真相的人必定握有答案。

我们每天都要面对这一真相。例如,我们听到核专家将其产业问题归咎于"极端的环境主义团体",这些团体"聪明地利用了大众脑海中关于'可怕的'和'未知的'的因素"。[23]此处的假设正是,公众没有足够的知识进行理解,不值得浪费很多的努力去向他们做解释。

墨西哥在过去几年中已获得一个由这些管理者构

第三章 从法团主义到民主政体

成的全新阶层——几乎所有的这些管理者都在美国受过教育。被称作 *los perfumados*（香水男孩）的他们负责着该国全新的现代化项目。当比索和经济在1994年年末崩溃时，这些新管理者至少要受到部分指责。但法团主义者的态度是一致表示忠诚。美国商务部负责贸易的副秘书长杰弗里·加登（Jeffrey Garten）公开露面，目的是表明，他对他们有信心（美国正在为这场危机支付账单）。他说，墨西哥的那些受过美国教育的技术官僚是"一种存在于美国与实际上是整个拉丁美洲国家中的经济团队之间的重要纽带。无论在何种境况下，那都只会是了不起的优势"。[24]

现在看来，那几乎与大英帝国参谋长、陆军元帅威廉·罗宾逊（William Robertson）爵士在第一次世界大战结束时论及盟军参谋部军官时所说的话如出一辙。大多数士兵和陆军军官认为他们要为一场旷日持久的大屠杀负责，犯有最不称职之罪。

我所说的一切都不是简单的左翼对右翼的问题。法团主义跨越了政治阵线。官方的改革声音像右翼的声音一样，同样是该结构的组成部分。例如，看一看美国自由派安置体面的医疗结构的努力。最初,一位美国总统因其医疗改革(这是其首要平台)而被人民选举出来。一旦掌握了权力,他便转向那些相关的精英们,而他们弄出了一种新的医疗结构,它成了技术官僚们的梦魇。就连它的支持者们也无法理解它。总统将此提议提交辩论,然后挥一挥手,将它抛在一边。

怎么会?为什么?这主要是因为改革的整体方式完全是法团主义的,是技术统治论的,是错综复杂的,以致大部分人——甚至是同盟——都无法加入辩论。

但到头来,问题变得更大了。一位美国总统被选举出来是要做某事的。他被阻止去做这件事,阻拦他的不是议会,而是法团主义结构。我们能够说这样一个国家在发挥民主政体的功能吗?

应对那一问题的方式之一是,看看法团主义对被选举出的人民代表的影响。

法团主义者认为,被选举出的代表只代表利益,这使得他们将压力直接施加在政客身上。其结果是游说产业的大幅增长,该产业的唯一目标是,使当选代表和高级公务员倒向游说者的特殊利益。也就是说,游说者所做的事情是,腐蚀人民代表和公务员,使之远离公众利益。

完成这一目标也许要花很长时间,也许一蹴而就,银行账号里要有钱,或能在郊外度周末,要对退休时可以获得的工作或董事会的位置心知肚明。一旦合法的腐败原则被接受下来,腐败的方式就被证明是层出不穷的,正如前加拿大政府的领导集团所证明的那样。今年,伦敦的保守党议员狂怒不已,因为他们也许不得不公开他们作为"参议院顾问"的收入。他们甚至有可能被禁止继续充当游说公司的收费代理人。但英国似乎也并不比其他任何地方更糟糕。

事实频频证明,新近那些靠"肃清贪污"平台上位的其他国家的当选政府原来在当选前便接受了贿赂,假如我们来评判一下意大利的新执政党和法国的新戴高乐政府的话。

这些例子的关键不在于证明政客们的腐败。它要表明的是,我们体系中的不适感大多来自法团主义体系对代表体系的长期破坏。那些当选者知道,权力已经滑向其他地方。从最普遍的角度看,他们的沮丧使他们试图从这一局面中获取某些其他东西。他们的腐败不只是经济上的,而是一种更深层意义上的腐败。

克伦威尔说:"国王被砍头不是因为他是国王;领主遭唾弃也不是因为他们是领主……而是因为他们不曾履行他们的责任和义务。"他们反而与一群伦敦大资本家结为同盟,这些资本家以借贷来换取头衔和特权。[25]

实际上,在过去十年中,电影和电视上的每一个政客都是唯利是图、腐化堕落、机会主义、愤世嫉俗的,假如不是比这更糟的话。这些戏剧化的形象是真的还是有所夸大的,一点也不重要。法团主义体系通过两种方式取得了胜利:直接通过腐败,间接通过毁灭公民对代议制的尊重。

可是,没有一个西方国家的议会曾大刀阔斧地采取行动来应对这一问题。从体系内部看,似乎可以处理的只是腐败的细节问题——登记,开放式审计,等等。但从外部看,整个体系都令人不堪忍受,人们正在失去信心,而它还在等待根本上的改变。同样的话也可以用在绝大多数当选者身上。他们没有从这个丧失体面的体系中得到乐趣,他们中的大多数人像普通公民一样诚实。但该体系似乎无法将其自身从被施密特之类的法团主义者赞赏地称作"利益代表"的东西

第三章 从法团主义到民主政体

所造成的痛苦中解放出来。

尽管如此,各国政府仍在提供从现在来看以及从历史上长期来看一向比私有部门所提供的服务更优质的服务。我们的生活中充满了这些服务。它们的运行如此平顺,以致我们几乎不会注意到它们。

不过,在仿效市场的过程中,政府正忙于改变自己以迎合商业标准。人们不是很清楚,当涉及公共服务时,这些标准会是什么。逻辑上的缺陷可以在非常简单的事情上被看到,例如,现在有种趋势是,将公民指为政府的消费者、警察的消费者,以及消防员或卫生官员的消费者。但我们不是消费者。我们不曾走进商店,考虑要买什么东西。我们不会买了东西然后掉头走开。我们甚至不是具有长期(在商业中这很少是很长期的)服务合同的消费者。我们是以上服务的拥有者。我们的关系不是与购买或金钱价值捆绑在一起,而是与责任捆绑在一起。我们不仅不是公共服务的消费者,而且实际上我们是雇主。我假设,如果这种对商业术语的狂热变得无法控制,那么用以描述公民的最正确的术语就应当是股东。但就连股东这一描述也是不准确的,因为——(1)我们不能买卖我们的股票(我们终身与它们捆绑在一起);(2)我们拥有这些股票不是为了利润。

这种在官僚体制内部的小小的语言滑移显示了法团主义体系从本质上看是多么漫无目的。一旦出于管理利益的管理理念接手,组织(无论它是什么)就开始没头苍蝇似地四处乱窜,追随着一个又一个专家系统,沉迷于不曾真正从问题角度考虑问题的解决方案。还有控制。一切都事关控制。可是,控制,像效率一样,是次要的或第三位的事,排在政策和目标之后,而且,就此而言,也排在效果之后。

正如加拿大国家银行(Banque Nationale du Canada)总裁莱昂·库维尔(Léon Courville)曾经说过的那样,管理者的主要目标是去除不确定性,因而忘记了不确定性对于成功的行动而言是不可或缺的。[26]对于犯错的恐惧慑住了他们,因为在一个金字塔式的结构中,没有给犯错的可能性留下余地。管理关乎的是系统和数量,与政策和人民无关。

在一部旨在解释其在越南铸下的大错的长篇巨著的靠近开头的部分,罗伯特·麦克纳马拉却停下来谈起了数量,将之作为一种揭秘之举。"时至今日,我

第三章 从法团主义到民主政体

将数量视为一种增加有关世界的推理的准确性的语言。"[27]除其他统计外,鉴于他对运尸袋数量的记录,我理当认为,他也许一直在考虑使那句话变得温和些。但是另一面,对于数量的沉迷确实往往终于迷信。

尽管麦克纳马拉对错误的记录进行了跟踪,但他在许多方面始终是系统人中的佼佼者。在越南战争激战正酣时,他发表了一次演讲,陈述了系统以及系统中的某些人的看法:

> (对社会的)管理不足是对民主政体的真正威胁……对现实的管理不足(就是听任)贪婪……攻击性……仇恨……无知……惰性……(或)除理性(塑造现实)之外的任何东西。假如统治人的不是理性,那么人就发挥不了其潜能。[28]

此处的关键词是"统治"。人必须被统治。这是种霍布斯式的、法团主义的观点。假如不处于控制之下,男人和女人就会胡作非为。

一段时间之后,麦克纳马拉又将这同一个体系从五角大楼转向了世界银行。在世界银行，他在造成第三世界债务危机的过程中发挥了重要作用。他在数年前就曾说过："就此而言，经营国防部与经营福特汽车公司或天主教会并无不同。"[29]现在，那是对支撑法团主义的结构的极好总结。他的职业生涯雄辩地证明了，他所说的都不是事实。

不过，将麦克纳马拉妖魔化是毫无意义的。他只是一个不幸的、庞大得多的体系中的一个不幸的大灾难。就连他的偶像约翰·肯尼迪也强烈地相信管理方法，并使用了所有那些新方法。例如，他避免召集内阁会议。尽管内阁成员代表着民主体系中的正规元素——被列于宪法中的机制所批准的顾问——他还是宁肯分别会见他们，以便控制议事日程，并将其余的时间花在与自己的奉承者在一起上。罗纳德·里根和乔治·布什的臃肿白宫——有1300名雇员——是对肯尼迪光辉岁月的直接传承。

作为管理的对立面的官僚体制并无新鲜之处。自从罗马帝国时起，它们便趋向于越来越无法被控制，失去了其目的性。这不是邪恶的。这只是一种特性。

新鲜的是，整个精英集团对官僚的伦理准

则——管理——的忠诚热爱，就仿佛它是一种首要技能。这是法团主义的产物。当你将原因和方法排在内容之上时，就会发生这样的事。

其结果是，那些理当制衡官僚体制的精英们却没有发挥这一作用。相反，时间被浪费在利益群体间的争斗上：公共对私有；区域对国家；国家对国际；大家全都相互指责，无论别人说什么，都是错的。无论他们主张的是什么，这些争斗都很少围绕政策而展开。法团主义关心的是利益和那些利益的分配。他们的争斗围绕的是谁得到了什么。

在此语境下，不存在无私之举，不存在方向，也不存在对思想或无私参与的报偿。其结果是人们对精英的日益蔑视。由此而生的是我们现在所经历的事：通常与民主政体的敌人联系在一起的虚伪的民粹主义的兴起。

我想在此仅停顿片刻，谈一谈理性这一主题，它是民主政体的核心问题，实际上是管理的核心问题。首先，我攻击的不是理性**本身**。我攻击的是理性的支配地位。理性是种意识形态。明智地与我们的其他品性结为整体的理性是无价之宝。但把它当作社会和我们的一切活动的旗舰而将它单独拉出来，它就将很快变为非理性。

我们都知道，理性是带着巨大的期望大张旗鼓地进入现代世界的。它的到来是为了把我们从专制力量和宗教迷信中解救出来。早在13世纪，托马斯·阿奎那就曾说过："人人都必须依照理性行事。"伟大的理想主义者罗伯特·欧文在工业革命中期断言："人没有其他发现错误的工具，除非凭借其理性的才能。"[30]

困难之处在于，自柏拉图的《理想国》以来，理性和乌托邦便一直密不可分地联系在一起。这不仅仅是种权宜之计。正是理性被用于解释，为什么每一个前后相继的乌托邦——我应当说意识形态——都是不可避免的。我们被告知，正是理性使之运行。我们应当如何被组织起来的真理也就得到了揭示。过去两个世纪的意识形态号称自己是理性之子，这一点也不奇怪。

许多人都攻击这一推测，但他们本身往往会从意识形态的视角出发去这么做。法兰克福学派做出了出色的批判，而他们自己的马克思主义又逐渐削弱了这些批判。"法西斯主义新秩序，"马克斯·霍克海默（Max Horkheimer）写道："是揭露了其本身的非理性的理性。"迈克尔·奥克肖特试图从右翼一方做同样的事，却遭到其反复无常的保守主义的伪装的破坏。贝托尔特·布莱希特（Bertolt Brecht）发现自己因其歌剧《路库卢斯的考验》(*The Trial of Lucullus*)而在东德遭到攻讦。有人指责他"退入了怀疑和软弱之中"。[31]理性不知怀疑。它是强大的，因为它找到了答案。

大部分共产主义政党现在都已销声匿迹。留在西方、留在无政府状态不再占优势的旧有的共产主义国家集团中的，是法团主义结构。尤其是，技术官僚们继承了柏拉图式的理性与意识形态的结合。那正是当有人提出反对理性清楚的领导地位的论点时，他们会做出有些歇斯底里的反应的原因。他们说，他们担心我们向迷信敞开大门。向我们的阴暗面敞开大门。实际上，他们是在担心失去自身的自信，或是担心要面对理性的成功与失败会在其中被拿出来比较的考验。

这种对理性的不顾一切的需求以及与之相伴的对问题解决方案的潜在耽溺，都是正在发挥作用的无意识的佳例。以麦克纳马拉在20世纪60年代期间新的核战略——灵活应对——来说："……一般性核战争中的基本军事战略的获得方式，应当与过去较传统的军事行动所尊崇的方式大致相同。"[32]这是让人联想到疯癫的完美的理性言论。他也许发现，在宣布他最近的真理之前，读一点狄德罗（Diderot）会很有帮助，甚至令人平静。下文是狄德罗在初版《百科全书》（*Encyclopédie*）中列出的对于事实——那些在理性真理的创造中被人无比热爱的元素——的定义：

> 事实：你可以把事实分为三类——神圣的、自然的和人为的。第一种属于神学，第二种属于哲学，其余的属于实际的历史。所有这三者都还有讨论的余地。

正如你可以看到的，问题不是理性，而是我们通过将理性提升到神圣状态而对它所做的事。我们的哲学学派中的形形色色的教授一直试图通过形成理性的次级范畴——工具理性（instrumental reason）来应对这一问题。这个术语旨在依照理性在现实世界中的实际应用来描述它。但这样的区分只会加重问题。这就仿佛有人在说，现在，我们既拥有了神性，也拥有了神性在地球上的代表。作为天神的理性是种无法被触摸的完美。工具理性，也就说，地球上的代表，要对走向错误但也有可能走向正确的一切事情负责。这样一种方式恰恰使我们退回到了早期的有损人格的区分。例如，存在无法被触及的神圣君主与其腐败无能的大臣的区分。或者，正如基督教信仰的缺陷——如宗教裁判所——曾经是无法被解决的，因为烧死几千人的做法相对于三位一体而言处于较低层面，现在，理性导致的荒唐事——如灵活应对的核战略——也是无法解决的，因为它只是种工具理性。

这也许是法团主义社会中的一种意料之中的发展，在法团主义社会中，宏观图景、较长的阶段都迷失在不断递增的特殊化的细节之中，事实的收集和理性被提高到前所未有的高度，并取得了父亲形象的地位。或更确切地说，取得了天父形象的地位。专业化和事实收集所带来的这一问题深深地延伸进了我们的大学，甚至我们的哲学系（在这里，较宏大的图景，较长远的考虑，都尤为珍贵），这只会使微观图景的专家的到来更受期待。

我在前文说过，法团主义的问题之一——除了反民主——是它的无目的性。这部分源于无数个这种微观图景的专家。这是一个受过训练的人都知道在其中查看和东张西望都不被允许的世界。这是种降格为无知的知识。知识越是局限在一个单一的角落中,专家就越无知。约翰·罗斯金(John Ruskin)说,技术官僚有种"错综复杂的兽性"。也许是这样,但这其实不是他们的过错。这正是我们的社会对他们的要求。

微观图景与宏观图景的对立的一个有趣例子是公共项目的削减这件事。目前,不顾一切地想要减少负担以便着手处理各种政府赤字,已经成了数年来的高级时尚。政府持续削减公共项目,公共服务项目越来越单薄,公民从税款中得到的东西越来越少,可赤字并未消失,对更多削减的呼吁声变得越来越大。

现在,令人好奇的是,公共削减运动的带头人是私有部门的高级管理者。他们的声音被受他们资助的智囊团所放大,也被形形色色的经济学家和他们的媒体朋友们所放大。这一群体极少提及的是,大型私有企业也被牵扯进了一种瘦身计划。它们的官僚体制也失去了控制。它们也深陷债务之中。事实上,私有部门的削减之风始于15年前,其结果已经出来一段时间了。一般说来,他们所说的"机构精减"并没有发挥作用。在国际商用机器公司(IBM)、西尔斯百货(Sears)

和通用汽车（GM）之类的公司，成千上万的员工被解雇。这并未带来转机。在第一年没有，在又有数千人被解雇的第二年也没有。事实上，许多公司都重病缠身。有一些已经死亡。可是，这一切都是怀着最美好的意愿而做出的。

他们发现的问题是，"瘦死的骆驼比马大"，正如加拿大石油公司（Petro-Canada）总裁所说的那样。[33] 当你认真地进行削减时，最先削减掉的是创造力和冒险精神。公司陷入一种被包围的精神状态中。雇员的士气一落千丈，生产状况也是如此。于是顾问们呼吁更多的削减，以制止公司的急骤下滑。描述这种状态的一般性术语是企业厌食症（corporate anorexia）。

1989年至1994年之间的此类自我施加的惩罚，在工业范围内的结果如下：只有34%的公司出现生产增长，只有一半的公司显示了利润的任何形式的增加，雇员的士气下跌了86%。[34]

问题是，削减不能导致增长、繁荣或高效，但削减这一消极工具是法团主义社会的自然而然的工具。

如果宗教是自私的，那么就没有人会因为保持了无私所需的距离而获得报酬或鼓励。而只有保持一定的距离，你才能鉴别根本性问题。正如宗教的特性会从一种意识形态传递给另一种意识形态一样，相信痛苦是对我们原罪的必要惩罚的迷信也一再传递，并重新体现为削减的过程。

这一切之中令人好奇的是，私有部门的领导人明知自己深陷于企业厌食症之中，却仍然推动公共部门沿着相同的道路走下去。但这无法说明他们那一边是恶毒的，因为他们是值得尊敬的人，全都是值得尊敬的人。就最不利的一面看，那也许是恶毒的平庸之举。不知何故，就是没有人能从微观图景上抬起头来，看到这两个配备着大砍刀的巡逻队之间的关系。

确实，公共部门的削减过程的经验与私有部门的完全相同。它们削减得越多，全体公民就会越恼怒，因为他们付了相同的税，却没有得到足够的服务。于是，他们指责公共部门没有效率，结果是要么听之任之，要么呼吁更多的削减。

假如私有部门的领导人在呼吁公共部门的削减时是心怀恶意的——他们肯定并非如此——那么这将是一种破坏对公共服务的支持的非常有效的方法。此处也许有一个很好的例子可以用来说明，一个精英集团在领导上的失败何以会有效地使他们进一步投入意识形态的怀抱，在那里，一切皆是必然的。公共部门的磨难肯定会为那些在私有部门中遭了难的人提供某种扭曲的慰藉。

很明显，必要的不是削减，而是对逐年增长的服务的为期数年的巩固。如果人们能够纵观全局，以平静的方式应对问题，那么这种定期停下来重新检查和巩固进步的能力就唾手可得。法团主义的氛围使这几乎变得不可能。

不过，想一想我们的社会。每一个公共领域都经历了整整半个世纪的快速增长。其中的大多数都是渐进式的。也许当今唯一最重要的发明创造是对我们已经完成之事的总体效果的平静审视，紧随其后的是在积极巩固方面的认真尝试。我们必须强迫自己摆脱法团主义者的那种对形式的沉迷，以便把注意力放在危在旦夕的内容之上。

取而代之的是，我们深受一场反公共部门的运动之害，该运动围绕私有化和削减的主题营造出一种惊慌急迫之感。我们已经陷入对公共财产进行资产拆卖的宗教性鞭打模式。想一想为了建设这个社会，人们付出了多少努力，可我们却进入了一个无意识的过程，对此过程的最佳描述可能是，它是种受虐狂式的慢性自杀。而自杀，除了十分罕见的例子之外，都是无力在我们的现实背景中看清自己的产物。死亡似乎是将我们从幻想中解救出来的途径。

在陪审团判决苏格拉底死刑后，他对他们说了些什么？

"但我认为，先生们，困难之处不在于远远地逃离死亡；真正的困难之处在于免于犯错。"他说错误的"行动要敏捷得多"。[35]

我打算以免于犯错来结束对公共生活之讨论，方法是看一看某些我们在其中尚未鉴别出需要避免的企图的领域。

官僚权力的去中心化是个日益流行的主题。招人怨恨的大规模官僚体制将听任重要的公共服务项目从自己的手中被拿走。这些项目将会被拆散并下放到区域和地方层面，在这个层面，公民可以与较谦逊的官僚群体建立人际关系，甚至对这些项目的性质产生影响。

这完全是可以行得通的，前提是要能满足两个条件：资金保障，以及国家的、实际上是国际的标准。

第三章 从法团主义到民主政体

欧盟内的国家已经在或多或少地解决此事。我们其余的人，在孩子似的无意识的发作之中，似乎无法将这些元素拼凑在一起。

事情并非全然那么困难。各地的中央政府都处于长期的资金危机之中，这相当一部分是因为，它们从在全球市场上使国与国之间明争暗斗的大公司那里获得的税收越来越少了。如果我们太过无能，无法在多个政府层面将自己组织起来，那么我们能怨谁呢？取而代之的是，我们的政府正打着有所增加的民主的旗号，将必不可少的但现在无力资助的项目下放给地区层面。可地区政府也处于资金危机之中，与私有大公司相比，它们处于虚弱得多的地位。"太糟了，"中央政府说，"你们就不得不加税，以便为这些项目买单。继续，负起责任来！"

无论何时，只要政府操起一种道德腔调——与一种伦理腔调相反——你就知道哪里出了问题。当然，地区政府不能加税。收入来源只能指望另一地区。事实上，没有资金保障和国家或国际标准的去中心化的结果是，地区间为可能的最低税率而展开的竞争。税收资源最少的地区必须降到最低税率。项目制定标准会随着税收而下降。地区间的不平等迅速再现，其程度达到了这些项目也许甚至无法幸存的地步。

所以去中心化的关键其实不是要解决大政府与公民间的紧张关系这一问题，因为在这个三角之中实际上有三个玩家：公民、大政府和大企业。两个玩家的任何活动都会受到第三个玩家的影响。足够有趣的是，大公司最欢迎去中心化。加拿大的一家大银行的总裁最近打破了亚当·斯密所说的雇主的"极限沉默"，公开宣称，社会项目中的国家标准是无稽之谈。他说，人人都有不同的需求。不幸的是，他没有进而解释癌症患者和心脏病患者的不同的区域性需求。

煞是有趣的是，那些反对政府的社会项目的人几乎无一例外地赞同去中心化——新保守主义者、新经济学家、受资助的智囊团。正如于19世纪第一个进行单人环球航行的约书亚·史洛坎（Joshua Slocum）船长所指出的："鱼儿将总是会追随污底船。"[36]华盛顿的一位重要的新保守主义说客威廉·克里斯托尔（William Kristol）更精确地说："把（所有社会项目）都下放给州（层面），让各州进行更多的实验，让私人慈善团体去照看百姓。"[37]

第三章 从法团主义到民主政体

这同一个群体或多或少地赞成全民公决和"直接民主制",用以反对代议民主制那缓慢而冗长的折磨。全民公决和直接民主制所引入的虚假的简易性更易受英雄式领导——也就是说,操纵——的影响。英雄式领袖与百姓的直接关系,与对极其成功的奥地利新法西斯领袖约尔格·海德尔所谓的"政党政治"的攻击结合在一起。同议会一样,内阁辩论是"闲极无聊的八卦,是在浪费时间"。[38]那正是西尔维奥·贝卢斯科尼(Silvio Berlusconi)的政治的核心主题。贝卢斯科尼将借助其对意大利电视网络的支配性所有权单独与民众交流。西尔维斯特·史泰龙(Sylvester Stallone)所扮演的正义提供者德拉德法官(Judge Dredd)把情况说得十分明白:"这几乎是种法西斯主义,这几乎是个军事国家,但那正是让某人保护你的代价。"[39]

全民公决社会的关键是,它开启了对过往不满的神秘召唤,这些不满凝聚在一起就成了一种翻腾不已、愈演愈烈的怒气,在其中这些不满被放大并孤立于现实之外。除了不满,一切都消失不见了。这种愤怒于是与一种英雄式的解决办法相吻合。简单的,绝对的,救世的。一个答案。

现代全民公决，正如拿破仑在发明它时所理解的那样，是作为非理性的理性的完满实现，是以民主政体示人的反民主政体的完满实现。民主政体可以凭借其自身缓慢、间接的方式加以应对的错综复杂的现实问题被简单、清晰的问题所横扫，这些简单问题通常模仿的是单一的人类特性——要么我们必定拥有常识，要么我们必定拥有理性，要么我们必定拥有记忆。就仿佛人类特性的任何结合都是不可能的。

一点也不令人惊讶的是，全民公决和直接民主制两者都与法团主义快乐地结合。复杂的现实问题通过不同利益群体间的有效的"利益中介"而在幕后得到处理。至于全体公民，占据他们脑海并令他们心烦意乱的是，他们对大问题的直接参与和他们与大人物的直接关系所引发的强烈感情。他们被告知，一句简单的"是"或"否"，就将改变历史，仿佛只需要魔法棒轻轻一挥。

亨利·基辛格（Henry Kissinger）曾经说过，历史的命运只有在白热化的那一刻才可能发生改变。他声称，这一想法承自梅特涅（Metternich）。事实上，墨索里尼说得最好："只有鲜血……才会让历史的车

第三章 从法团主义到民主政体

轮转向。"[40]全民公决和直接民主制提供了不含现实的热血感,乔治·格兰特(George Grant)称之为"以'深思熟虑'为代价的……决定性"。[41]

阿尔文·托夫勒(Alvin Toffler)及其妻子——以及很显然是他们的弟子的纽特·金里奇——似乎有意识地或无意识地理解了这一切。托夫勒夫妇撰写、金里奇作序的一本小册子将技术达达主义(Dada of technology)加入通过全民公决和直接民主制实现的拿破仑式的操纵方法中。在他们的名为《创造一种新文明》(*Creating a New Civilization*)[42]的小册子中的信息是,技术使借助半直接民主制和全民公决的政府不仅变得可能,而且变得不可避免——那古老的意识形态的特性。

托夫勒夫妇宣称,多数票不久就会被看作"一种原始的沟通方式才会采用的陈旧仪式"。他们建议来次"异端的"跳跃,进入"少数派权力"(minority power)。这个建议是说,我们,被异化了的公民,是少数派。实际上他们是在建议:(1)回归以质量取代数量上的大多数的中世纪体系,即一个等级社会;(2)使法团主义体系合法化,使利益群体的统治合法化。

托夫勒夫妇说，技术使传统民主政体变得过时。他们错误地将这种技术描述为社会变革的第三次浪潮。更准确地说，它是自民主原则于2500年前首次确立以来的技术改革的第N次重要浪潮。

最后，托夫勒夫妇坚称："政府机构必须与经济结构和信息系统相互关联……"

一种更明智的方式也许是：技术来来去去，经济结构演进变化，社会调整适应。但是，尽管有托夫勒夫妇、金里奇和异口同声的社团声音，民主政体的基础却始终存在。

"必须相互关联？"你注意到了吗？他们坚称，我们必须与经济学和技术相互关联。

"必要性，"威廉·皮特（William Pitt）在18世纪时说："是为对人类自由的每次侵害提供的借口。它是暴君的论点。它是奴隶的信条。"[43]

法团主义体系以各种各样的方式告诉我们的是，民主体系不再合乎时宜。这一态度得到了我们大部分精英的积极的或消极的赞同。

但民主政体不是他们所暗示的那样。它并非关乎繁荣。你可以拥有破败的民主政体。你也可以拥有繁荣的独裁政权。当今社会点缀着以市场为基础的专制社会，在这样的社会中，阿迪达斯、精致厨艺、性交乐趣和高等教育都大行其道。民主政体也并非作为穷人的保护伞才是必要的。就连基础的专制社会也需要某种社会契约，除非它们准备持续使用暴力。

民主政体只关乎合法性的性质，以及那一合法性的储存库——公民——是否能够践行其所有权赋予他们的权力。如今，我们在践行那种合法性的权力时，遇到了很大困难。因此，它已经被转移到其他人的手中。

在最后一章中，我将回过头来讨论个人主义和民主政体的可行性。但我们所面临的问题不是无法理解的复杂性中的一种。不同于弗洛伊德讨论过的、只对自我认知做出最低限度的反应的令人烦恼的无意识行为，社会可以相当轻而易举地利用意识来唤起行动。在我们当前的危机中，没有一件事是因为必然性的强大的神秘力量而无法触及的。技术和市场是将会受到尊重的有益现象。但它们既非神明，也非野兽。合法性本身不是神秘之事，而是可行性问题，正如一个健康的民主体制的各种行动。

第四章 从管理者和投机商到增长

工业革命给我们带来繁荣了吗？

如果我们从这样一个基本问题开始，它也许会迫使经济学这个乏味而复杂的世界与它试图解释的现实发生某些关联。

答案当然是肯定的。若是没有工业革命，西方社会在过去 70 年所经历的繁荣和舒适就是不可能的。

但那是另一个问题的答案。毫无疑问，没有早期、现代和后期的资本主义技术，我们无法创造这一文化并使之持续不衰。它绝非只关乎技术。资本主义本身提供了帮助，使这成为可能。还有自由市场。还有进行金融投资的不断增长的资本市场。还有贸易，因为日益全球化的飞速发展的贸易是个主要因素。所以，如果没有技术、资本主义、自由市场、金融市场、自由贸易和全球化这些依然占据着我们的生活核心的概念，我们就不可能得到资助，并维持我们的生活水准。

所有这些都很对，但让我们回到那个问题——提高了我们的生活标准、给我们带来了史无前例的大规模繁荣局面的，是由所有这些因素构成的工业革命吗？

无疑，它给由物主和管理者组成的新兴阶层带来了繁荣，但他们直至半个世纪前还只代表着人口中的极少数人。在18世纪末和19世纪初的英国,大多数人告别了简单的农民的或工匠的生存状态,搬入了由工厂构成的动荡喧嚣的世界。在工业革命的最初阶段,最贫穷家庭的孩子往往会在14岁时开始当工人。他们与成人一起,每天工作12个小时,包括吃饭和休息的时间。来自前工业时期的节日得以保留。然而,几十年后,在19世纪初,常见的情况是,儿童在七八岁时就开始当工人,在不健康和危险的工厂里每天工作14个小时。许多传统节日被公司完全忽视。它是个工作还是失业的问题。可尽管工作比过去艰辛得多,时间也长得多,劳工们的境况却比25年前更加凄惨。[1]

这种经验与当今发展中国家中的许多经验如出一辙。例如,数百万离开简单但稳定的乡村生活、住进拉格斯(Lagos)的贫民窟的人的经历,实际上与19世纪变为工人的英国农民的经历完全相当。

但我所描述的真的是暂时的状况,是革命变化所带来的不幸的、不可避免的混乱吗?标准的市场力量观念可以通过一大堆隐喻得到最好的表达:当市场机制的"看不见的"手向下伸出以重新平衡新经济条件语境下的社会结构时,覆巢之下,必无完卵。

第四章 从管理者和投机商到增长

好吧,实际上这些状况不能被称为暂时的。它们持续到了19世纪下半叶,随后也只是开始逐渐消失。直到20世纪,遍及人口的繁荣才开始真正传播开来。在很多方面,在相当长的时间里,情况变得越来越糟,惨不忍睹。例如,机械化棉纺厂的发展创造出大量买卖采摘美国棉花的奴隶的市场。在世界各地的几乎所有文明中,奴隶制都曾一直存在着。但它曾经一直是种零打碎敲的买卖,通常是个人(欧洲人或其他人)在战争中被俘或受到法庭判决的结果。蔗糖和棉花地里的奴隶代表了一次重大变革——纯粹出于经济的原因,使一个种族变成奴隶。说白了,被贬为奴隶的个人的生活标准下降了。

工业革命的长期模式是使生活的较低财务标准和下降的生活条件制度化。其结果是整整一个世纪的无遮无拦的社会衰退和混乱。以当时一般的平均寿命水平来看,这代表了好几代人。这是一种长期模式,而不是暂时的调整。更有甚者,在这一畅通无阻的漫长时间段中,经济力量甚至不能建立起一种稳定的不平衡状态。市场只是简单机械地再三重复着从缓慢建设到兴旺发达再到轰然倒塌的循环。市场过去和现在都没有学习，因为，它由于缺乏无私之心而没有记忆。可能根本不存在自然而然的市场均衡这种东西。

可是，假如工业革命——连同它所有的技术、资本主义、自由市场、金融市场、自由贸易和全球化的特性——带来的是不稳定但长期的贫困，那么是什么带来了繁荣？相当简单，在19世纪向20世纪推进时，有越来越多的公民公然反对由工业革命所造成的状况。他们践行其合法权利——包括要求通过普选扩大那一权力圈，直到它将所有成人都包含在内，这一目标直到第一次世界大战之后才得以实现。

公众对改革的要求以多种方式出现。有时，对改革需求的表达是自上而下的；有时，它将自己呈现为街道上的盲目愤怒。这一过程导致了从马克思主义、法西斯主义到自由主义、社会主义和改革保守主义的诞生。大多数带来繁荣的改革都不是自私行为的结果，而是无私行为的结果——公民为了扩大公共利益而承担起超出其个人私利的义务。

我绝对不是在暗示，工业革命的不平衡拥有一种可实现任何社会平衡的自我矫正机制——我所说的社会平衡指的是合理共享的繁荣。迫使经济机制变为可

第四章 从管理者和投机商到增长

为社会接受的、合理的稳定状态的是全体公民和民主政体。我要将这种状态称为文明状态。

我不是在说,这种堕入绝望然后再走向繁荣的模式是以一系列清晰明确的方式发生的。混合在一起的政治循环、战争循环和五花八门的经济循环始终穿插其间。近至第一次世界大战末,出现了一种奇怪的亢奋状态。公民们放松了警惕,也许是在有组织的、理性的军事屠杀的疯癫之后,觉得可以长舒一口气了。一个无法阻止的以市场为主导的繁荣时期似乎到来了。

1929年11月发行的《麦考尔杂志》(*McCall's Magazine*)庆祝这一胜利的方式是,小说家辛克莱·刘易斯(Sinclair Lewis)、专栏作家沃尔特·李普曼(Walter Lippmann)和大受欢迎的哲学史学家威尔·杜兰(Will Durant)进行了一场谈话。杂志编辑在导言中总结了此次座谈的背景:

> 我们的繁荣无疑非常巨大。发明创造、机械设备、节省人力的装置都在日新月异地不断发展,尽管有人认为,机器不久便会战胜并奴役我们,但我们的产量和我们的休闲

时间都在持续增加。如今,工人、工匠以及厨房里的家庭主妇都拥有了比上一代人所梦想的还要更多的休闲时光。[2]

等杂志实际分发到各站点时,生意人正在跳窗自尽,最近的一次大萧条开始了。在那之后,我们似乎终于学到了教训:我们了解到,市场不可能汲取其教训。因此,要指望作为公民的个体,通过对公共利益的小心谨慎的定义和落实,来确保固有的经济不平衡从文明的法规中受益。

可是,仅仅65年后的1994年,我们还在这里,与我们同在的是:一个相较之下使1929年的那个金融市场似乎显得颇负责任的金融市场;一个再次以一种与投资真正的生产无关的方式运作的股票市场;绝大多数人的实际工资的消减;长期的失业,它虽不像1929年的那么严重,但远高于统计学所允许的程度,高到足以抑制经济的发展。终于,真正的增长在20年前消失了,而且至今尚未归来。

甚至更加令人震惊的是,我们仍旧希望通过这

第四章 从管理者和投机商到增长

一被称为市场力量的机制重现繁荣。在对19世纪和20世纪20年代亦步亦趋的过程中,我们取消了对看得见的一切的管制,甚至沿着工业路线重组了政府和教育。我们重新跌回对一种在过去从未获得成功的古老意识形态的热爱之中。

现在,还有些人将会把我的言论误认为反市场的长篇大论。他们将是错误的。我热爱市场。我喜欢贸易、金融市场、全球经济模式,喜欢这一切。这就像是场游戏。对于那些颇具幽默感的人来说,它很有趣。但我还没有蠢到误以为这些必要且重要的狭隘机制是可以引领社会的、广泛、稳固、有意识的力量。市场的历史被其行动所反复书写。无视那一历史就是要龟缩进严重的无意识之中。

摆在我们面前的重要而令人费解的难题是,弄清楚我们何以会将自己的历史忘得一干二净,以致我们现在还在以一种自杀方式乖乖行事,相信经济可以领导我们前进——而在过去,它一直未能做到这一点。

这正是我想在本章中说明的问题,同时还想指出,一些简单的公共政策原则何以会帮助我们重新确定我们对一种文明的归属感,而不是对一种带有必然性结论的想象中的经济辩证法的归属感。

让我换种方式来说。假如我们确实在上一次世界大战中打败了法团主义，在不到十年之前战胜了马克思主义，为什么我们仍紧抓着对群体合法性的法团主义信仰不放，紧抓着对经济决定论的基本的马克思主义信仰不放？我在其他地方至少是半认真地说过，今日仅有的正在发挥作用的真正的马克思主义者在芝加哥经济学院教书，在管理我们的大公司。我可能还要加一句：这同一拨人是本尼托·墨索里尼的真正传人。

但让我们回到问题上来。为什么我们无法有意识地聚焦于我们自身的历史？为什么那一历史上规模最大、受教育程度最高的精英集团如此坚持不懈地要把权力——我们赢得并委托给他们的权力——交到一种抽象的、自我毁灭的意识形态的手中？

一种可能性是，我们遭到了技术官僚管理和技术官僚投机的联合阻挠。主要由商学院和经济系输出的技术官僚管理是大规模管理结构中最令人安适的机能。

如今，可在其中宣泄其欲望的最显而易见的容器是跨国企业或非常大的国家企业。它们的培训和这些结构几乎与资本主义或风险毫无关联。它们是17世纪的皇家垄断的转世轮回。你也可以说,它们是重商主义的现代版。所有的统计数字都表明,这些以任何重要方式被管理而非被拥有的股份制大公司都是不擅长长期投资的投资者,是在研究和发展方面非常欠缺的投资者。创造力会与行政管理思想发生冲突,于是它们会对改革创新产生消极影响。又因为它们对抽象的就业理论做出反应,所以它们无法创造多少工作机会。

至于投机性金融市场,我们因其造成的混乱而转移了对其固有理性的关注。此处的理性在于所应用的方法和技能。从技术官僚的观点看,投机市场的混乱是其他人的问题。他们从内部看到的是抽象理论的纯粹应用,这些理论极其复杂,需要特殊的技能。他们充其量会从独立于任何现实迹象之外的角度去看待世界。最出色的技术头脑似乎恰恰会被这种与现实的分离所吸引。就连公职人员也会被由快速发展的金融投机市场所代表的复杂的内在逻辑所诱惑。

我们对于借助市场实现救赎的信念在相当大的程度上依照的是乌托邦的传统。经济学家和管理者是上帝的仆人。像中世纪的经院哲学家那样,他们唯一的工作是揭示神圣的计划。他们永远不能创造或阻止它。

也许他们至多会渴望一些小小的改变。

所以，他们拥有权力，却不负责任，就像文艺复兴期间在意大利四处游荡的雇佣军团，就像与一位国王亲近的弄臣。

现在，不负责任的权力是文盲或无知的基本形式。已成过去的经院哲学的特征之一是，它会阻挠平等，也就是说，它阻挠思想。世界被缩减为建立在一种固定的世界观之上的、详细的线性阵列。

于是，受过教育的、有知识的人堕入了一个充满传奇故事的世界。那些传奇说的是也许会发生什么，将会发生什么，适当的条件什么时候会汇集起来——举例来说——使圣父、圣子、圣灵三位一体得以永治，或者，在如今，使市场进行平衡。在这样一个世界中，不可能有合乎情理的对抗。反对派是吉伦特派（Girondins），是孟什维克派（Mensheviks），他们愚笨、幼稚，与真理步调不一致。那些掌权者被动地对自己表示肯定，因为他们在等待从必然性中获益。

像其他那些掌握着权力的空想家一样，他们变得越来越令人发笑。他们的语言变得滑稽甚至荒谬。他们会说，国家正在经历强劲而真实的增长，然后，在同一段落中又加上一句，国家正在破产。那么，哪个是事实？如今把增长和破产放在一起说是种常规，就好似中世纪的天主教——通过宗教裁判所——会说，上帝是强大的、好的和善良的，因此我们必须折磨你。

那些反对这些被动的技术官僚的政策的人，往往会陷入对细节的同样滑稽的痴迷，例如，痴迷于形成有关银行或跨国公司的错综复杂的阴谋论观点。但根本不需要阴谋。这些是受仆人管理的结构。它们的逻辑是公开的和不证自明的。错综复杂的长期阴谋需要有意识的领导人。如此看待技术官僚是在坐实他们对自己的幻觉。

对我们的经济问题的一种更现实的态度是，把注意力集中在管理阶层那一再呈现的消极的、自我鞭笞的、为行善而为恶的特点之上。我在前面的章节中提到过他们对待公共债务的名副其实的《旧约》式态度。原罪。犯下违背谨慎之神的罪行所带来的可怕耻辱。对赎罪的需求。因太过容易地拥有它而遭受折磨。所有这些胡言乱语都使人们将注意力从"私有部门的债务达到了历史新高"转移到引用国际清算银行（Bank for International Settlements）的谨小慎微的年度报告。[3]私有部门的管理阶层正在与公共部门的管理阶层展开一场罪责之战。尽管私有部门在开支上,特别是在收入与负债的比较方面,其能力要大大逊色于公共部门,但它赢得了战争。公共债务是个可以通过多种方式(所有这些方式都是非《圣经》式的)加以解决的反复出现的问题,但处于导致项目大肆削减的歇斯底里中的我们,已经变得对其无所适从。

我在前面的章节中谈到了自我鞭笞的严重削减以及它们收效甚微的原因。它们留下了一个意志消沉的、野兽般的受害者,它几乎算不上是增长和效益的候选人。

债务和削减只是我所说的小意识形态、微意识形态中的两个,它们分散了管理阶层的注意力,使他们坚决不承认其面对必然性时的根本的被动性。效率是另一个需要监督的微意识形态。这一次要的生产车间之特点在圣三一中得到促进,几乎成了一种会员资格。注意,我们总能听到的是效率(efficiency),而不是效益(effectiveness)。效益关乎内容和政策的传递。效率只是一个抽象的、总体上消极的术语。

技术官僚最担心的就是无法变得有效率——风险,思想,怀疑,承认错误,研究和发展,长期投资,

第四章 从管理者和投机商到增长

对具体位置的承诺。就连认同真正的生产也是无效率的,因为它不完全符合模式。对效率的沉迷阻挠了增长,妨碍了资本主义。对于技术官僚而言,所谓的服务行业的吸引力之一是,此类行业所具有的低三下四、笼而统之的特点。

我们该如何对待这些管理者?在大约30年的时间里,他们几乎拥有对西方商业的绝对控制权,其中的22年因普遍的危机而蒙上阴影。他们在造成经济壁垒的过程中发挥过作用吗?毫无疑问,他们未能带来经济复苏。我要说,这主要是因为,管理者对不确定性的担忧使之恰恰成了无法解决危机的人。不过,商学院一直在扩充。它们是大多数大学的利润核心,这显示了大学是多么远离了其使命。

斯大林也许是第一个证明了人员控制是通向权力的最佳途径的系统人。人员控制使你可以在不提及真正的成就的情况下促进同盟和下属。无论工商管理硕士(MBA)们干得有多糟,他们都只会继续雇佣自己的克隆者。

用莱昂·库维尔的话来说:

> 管理,一门科学?当然不是,它只是一只废纸篓,里面装的都是在丰衣足食和经济增长的几年间提供了当日特色菜的食谱。现在,那些食谱已不合时宜,坚持依照它们行事的公司将会消失。[4]

他甚至怀疑在企业管理者的促使下传授管理方法的公立学校体系。正如在同样的政策在私有部门失败的数年后,管理者们促成了政府对削减的沉迷那样,他们也在促使公民之学校传授管理方法论,在过去,管理方法论对基础教育而言充其量是边缘性的,而现在,人人都知道它一败涂地。

位于这些过错之核心的是深深的误解。大多数宣扬资本主义、自由市场、个人进取心和风险等意识形态的行业领袖自身都不是资本家。他们是管理者:对方法论特别在行的官僚雇员。他们是理性的人。资本家更多地运用其他人类特质——常识、本能、创造力。最有趣的资本家也许甚至会有记忆。管理者处于其官僚作风的谋生专业的顶端,相较于没有优先认股权和高额离职补贴之保护的高级公务员,他们较少会冒个

第四章 从管理者和投机商到增长

人风险。

不仅管理者经营的大企业与股东们的关系不密切,它们中的许多企业还拥有为养老基金及类似部门所掌握的股票。这些雄厚资金本身由同一类管理者所管理。于是,他们手拉手、肩并肩地沿着错误的资本主义道路走了下去。

这是一个自我欺骗程度很高而又富于回报的领域。管理者披着资本主义的外衣。他向政府宣讲风险和诱因,但也付给自己报酬,就好像他是业主一般。他拥有的唯一股份作为公司的特殊金融管理的一部分被接受下来。尽管西方经济一直处于停滞状态,普遍的工资水平也不见起色,但管理者的收入在持续增加。在好年份,一些顶级的美国技术专家现在能拿到5000万到1亿美元。在其他国家,只有100万至200万美元——大多数小公司的真正拥有者要是能够挣这么多,心里一定会乐开了花。

据所有这些来推断,管理者必定会以另外一种行动形式来取代业主的才干,以便刺激资本家的积极性。并购、收购、反收购和收购战成了他们偏爱的工具。

假如你无法创造,那就买一个能创造的公司。尤其是，大公司会收购在特殊领域有所突破的个人拥有的小公司。他们购买创造力，尽管一旦被整合进一种管理环境，那种新的创造冲动很快就会慢下来并逐渐消失。创造力被从它们中吸走了。

但这种模式的最糟糕之处在于，技术官僚主持的公司可以负担得起这些新鲜血液的注入所需的开支并支付溢价。在这么做的过程中，他们将公司的市值哄抬到小公司的拥有者很难不出售的程度。其结果是，对经济发展产生一种不断扩大的、半途而废的影响。太过常见的是，巩固了其突破之处并培育出新一代独立企业领导人的公司正在被买断和吸干，为的是为相当缺乏效率的较大单位提供生命支持。

并购和收购狂热远远超出了购买创造力这件事。它的出现形式是一波又一波意在给人以行动和政策印象的管理风尚。20世纪80年代因这些强制性的模式变化而声名狼藉。1995年这一年见证了公司分拆的增长。到这一年年中，欧洲已有31次、共价值13亿美元的允许私营企业竞争的大规模松绑行为。全球化使与其他人在世界范围的平台上玩这种并购、拆分、并购游戏变得甚至更加轻而易举。人人都忙得不可开交。

第四章 从管理者和投机商到增长

金融市场不是被用来资助增长，而只是乐不可支地被用于资助联姻关系中的职位交换，因为购买和出售的单位可被赋予价值。投资真正的增长的风险要大得多，因为这将会介入向未知数的推进。单位的不断转换意味着，人为地哄抬单位的价值以及使它们背上债务这两者都不是管理者的问题。管理者不是拥有者。他们正在导致一系列膨胀形式这件事也不是他们的问题。

这种一味追求虚假的企业扩张的做法的另一个方面是，私有部门管理阶层对使公有公司私有化或出售公有公司之举的不断促进。国有化和私有化都是可阶段性发挥作用的机制。然而，向任何一个方向的不必要的运动，都只是为了使执政党的政客朋友们获利。不出所料的是，正是这些政客的朋友们以律师、会计和经纪人的身份掌握着销售，并因此获取巨额的报酬。金钱会以这样或那样的方式回到政党和/或其高级组织者手中。

你们中的一些人也许会认为，只要这些服务能从政府的强硬手段中解放出来，放入竞争性市场，那又有什么要紧。也许不要紧。但这些国有企业在被售出之前，没有哪个提供的服务是无效的。否则，谁都不会想要购买它们。实际上，未被政府出售的正是那些不发挥作用的服务。我个人从未看到，一旦将已经很充足的服务私有化后，显示在研究或公共反应中的新兴模式得到过改善。

有一种更为重要的因素与技术官僚的问题直接相关。私有化理论说的是，经济因政府的太多干预而被抑制在低水平。出售国有公司，从而使经济焕发生机。然而，经济有许多组成部分。它有提供商品和服务的固定、保守的一面。但是，从其本性来说，这一面无法为新的增长活动提供多少领导力。于是，又有较具风险、行动较快的一面，在这一面，新投资、新观念、精力充沛的新领导人会结合在一起建设未来经济。有一天，他们将会处于保守面，但此刻不会。

大多数政府拥有的企业都属于保守面，这要么是因为它们所提供的东西——如水电等基本服务——的本质，要么是因为，政府已花费数十年的时间，使该领域的能力得到了充分发展。所以，私有化运动的结果就是，拿走优质的私有部门的风险资金，并将其投入经济的无风险面。

大多数人都模模糊糊地感觉到，经济是没有限度

第四章 从管理者和投机商到增长

的;人们将会随心所欲地投资,每个部门都将得到最大限度的发展。现实是,经济活动受商业精英可能投入的时间和努力的限制。那些精英集团的规模、他们能够从中获得的利益、他们在其中工作的结构、他们的精神和身体上的能量都是对其活动的完全自然的限制。

有这样一条古老的管理规则:一个人管理的人不能超过12个。这个数字——12——有许多神秘的、前基督教的根源,但在本案例中,其无意识的起源也许是基督及其信徒们。正如《新约》所解释的那样,就连上帝之子也管理不了12个人。11是他的极致,多余的一个会把他的整个事业拉下马来。

所以,我们正在此用价值数十亿美元的稳固、强大的生产和服务单位来装载私有部门的已确立部分。本应投入一线资本活动的私有企业的能量和金钱正被转变为基础生产和服务之后盾。

除了使经济放缓外,普遍的私有化的结果怎么可能还会有别的?看一看此方面经验最为充分的英国。英国经济起飞了吗?它在引领道路吗?它的增长超出西方国家平均水平了吗?债务削减了吗?没有。除了伦敦市这一投机性隔离病房外，英国的经济是西方最萧条的经济之一。

有一条关于私有化的花絮报道证明了这一问题。这些被出售的公共服务部门的管理者们迅速买进了私有部门的技术官僚们的幻觉：他们是资本家。在英国，尤其是过去的自来水厂和发电厂很快就发现，它们的老板们使自己的收入大幅提高，使自己拥有了优先认股权。这些并没有体现为被出售给公众的服务的质量和数量的可加度量的增长，因而也没有体现为股票持有人的投资地位的改善。

此处的总的要点是，这些无精打采的大规模公共企业是畏惧未知数的商业管理者们的理想组织。他们可以在风险最小的情况下披着资本的外衣高视阔步，从私有业主的讲台上向公众发表演说。

请让我最后再举一个自然的管理趋势的例子：商业房地产市场。有关贷款方——银行和养老金——之间的地产投机的流行做法的解释是，它们可以度量地方的价值。借贷官员将几乎是保值的价值划入自己的账簿的能力，使得房地产相较于对具有风险的资本市场的投资具有更大的吸引力。然而，正如我们每十年左右在房地产市场崩溃时所发现的那样,附着于房地产价值的保障主要是种幻觉。身为雇员的借贷者其实是没记性的。他已有多年的缺乏不确定性的经验。等崩溃到来时,他也许已经得到了晋升,或是已经退休。他使用经过计算和纸上谈兵的一切为有关价值的幻觉注入了活力。这正是罗伯特·麦克纳马拉的量化传奇。

无论如何,真正重要的是将投资者——不是借贷者——吸引到地产商业的东西。那不是价值,而是租金收入。这是种为管理阶层所喜爱的管理性的、非资本家的、非资本的优质风险投资。

亚当·斯密对这一现象做了相当清楚的描述:"一旦任何国家的土地全都变为私有财产,那么地主也会像其他所有人一样,热爱在他们从未播种过的地方收获,甚至为其自然产出要求租金。""哪里有资本的统治地位,哪里的工业就会大行其道;哪里有风险投机,哪里就会有游手好闲。"[5]

如今,管理者甚至连地主也不是。可是,投资房地产是他们满足对游手好闲的强烈渴望的方法之一。其结果是,我们的经济在过去数十年中一直空前注重办公大楼的建设,以便安置不断增加的管理阶层。公司总部、地区总部、地方总部。建筑物是管理者价值的具体证明。于是，一座座皇家宫殿拔地而起。摩天大楼的建筑面积比凡尔赛宫或北京的紫禁城还大。这些都是弄臣们和那些追求不用负责任的权力的人的人间天堂。

房地产、私有化、并购和收购——这是管理者的非资本主义转向中的三种。还有数十种其他转向，其中的每一种都可被赋予微意识形态的合法性。

此处对管理方法的长篇大论的批判到底有什么用处？可以说，我们也许可以得出无数种或许非常有用的结论。首先，我们已经丧失了亚当·斯密的"有用的劳动"这一概念的全部意义，经济学家、商学院和私有部门的管理层都要为那种混淆负责。必须将经济学家从计量经济学的死胡同中解救出来，将他们重新整合进一种包括政治、历史和哲学在内的方法之中。商学院代表了一次重大失败，是所有西方国家繁荣和增长的障碍。应当把它们从大学中除去，将其转变为受商业资助的学徒系统中的一个元素——只是诸多元素中的一个。

如果说对私有化主题的沉迷行为是拉缓增长的法

团主义转向策略，那么全体公民就必须学会如何去鉴别它。毕竟，这种现象特别容易分析。只有这样，它才会作为一种对必要性的意识形态上的坚持而遭到抵制。在许多商业领袖实际投身于管理、洗牌（并购和收购）和逐利活动时，公民和股东不是一味地接受对所有权、风险和生产力的持续抨击，而是必须学会如何做出区分。那样一来，他们就能够判断自己想要的是什么，或者要将哪两个混合起来。

所有这一切都是不现实的吗？是的，只要我们继续从我们的大学里泵出新鲜出炉的管理囚徒，只要公共规制促进甚至鼓励虚假的资本主义，这就是不现实的。

我在本章剩余内容中想集中论述的是在加强或减少我们的无意识的困扰状态的过程中发挥作用的四个经济支柱。这四个支柱是什么？根据当前流行的看法，它们指的是市场、技术、全球化和金融市场。

在过去25年中，市场不断地被当作自由和民主之源泉以及唯一能够带我们重新走向增长的可能力量而被人提起。但该理论的倡导者在行进了20年后，没有向我们展示任何结果。他们像中世纪的异端审判官那样,将注意力集中在任何也许可证明魔鬼持续存在的残余细节上。但他们一直有权有势,他们一直掌握着并且将继续掌握权力杠杆,他们一直没有产出。这是个漫长的审讯阶段——是第一次世界大战的时长的五倍,是改变了欧洲面貌的拿破仑的统治的时长的两倍,比其统治产生了如此重大影响的斯大林或罗斯福的统治时间都要长。

空想家们坚持认为,神圣知识之保证和王国之承诺终将到来。但是,克伦威尔说:"求诸上帝的正确判决是多么冒险的事。""你必须求诸天堂的审判。上帝已经宣布了对你的反对。"[6]

这一市场领导力的实验并未加强民主政体或个人主义,也未带来增长。它强化的是法团主义,因此,一点也不奇怪,最高效的法团主义国家——例如,日本、韩国和新加坡——获益最大。毫无疑问,市场法则在以公民为基础的民主政体中没有带来丝毫的增长。

几个月前,我在首尔,当时,警察清空了城市某区域的公寓大楼,派出数百名防暴警察去逮捕一个工人,此人在其没有工会的工厂发表了一次赞成工会的

第四章 从管理者和投机商到增长

演讲。警察撞倒了他的公寓房门,点燃了催泪瓦斯,当场逮捕了正在吃早餐的他。他被戴上镣铐带走,投进了监狱。

现在我们经常谈论日本的法团主义市场体系,却忘了,日本军国主义在20世纪30年代的兴起正是自19世纪起进行的一场市场领导力实验的直接结果。

现代外汇期货市场的奠基人利奥·梅拉梅德(Leo Melamed)说:"市场是有史以来被创造出的最民主的论坛,"[7]但并无历史迹象表明这是个事实。在宗教改革期间,有充足的机会站起来捍卫自由,捍卫与权威相对峙的各种类型的公民权利和个人主义。然而,成功的资本家一直垂着头,直到战斗结束时才选择站在哪一边。[8]美国革命者——主要是绅士、工匠和农民——拥有类似的经历。尤其是在纽约,大多数商界人物要么保持谨慎,要么默默地支持任何在当时占领着市中心的人。

市场导致了民主的诞生这一言论中的矛盾之处全都可见于著名的经济学理论家杰弗里·萨克斯(Jeffrey Sachs)教授的著作,几年前,正是他向米哈伊尔·戈尔巴乔夫提出建议,使之进入经济灾难的。萨克斯教授现在游走于中欧各地，宣扬市场与民主政体联姻的好处。不过，他也建议各国政府，它们真正的模式应当是亚洲的模式，即法团主义的和反民主的模式。"你们正在与泰国和马来西亚竞争，"他最近在布拉格说。如果中欧"依此行事，（它）就能每年增长5%，在长达十年的时间里"。[9]

我们本质上的难处在于，我们正在一种必要的机制之中寻找它根本不具备的品质。市场没有领导、平衡或鼓励民主政体。然而，正确地调整市场是商业运营的最有效的方式。

市场甚至无法引导一目了然的经济问题。最近的一个例子是鱼类资源的世界规模的损耗。在1950年至1989年间，捕鱼量翻了五番。捕鱼船从1970年的58.5万艘增加到1990年的120万艘，如今更是多达350万艘。[10]没人思考长期的甚至中期的资源维护，渔民没有，造船厂没有，为自己的产品找到包括肥料和鸡饲料在内的新用途的鱼类批发商没有，金融家也没有。那不是他们的工作。他们的工作是为自身的利益感到担忧。

那么，为什么政府未能实施适当的长期调整？这

第四章 从管理者和投机商到增长

主要是因为,我们生活在一个法团主义社会,在这个社会中,公共利益被减少到最低限度,政府有望通过其管理者,将注意力集中在"利益仲裁"上,正如新法团主义者所指出的那样。在任何层面上都没有思考的空间,因为没有无私的空间。似乎需要一场严重的危机来摇醒政府,提醒他们自己的领导责任。只有在这样的危机中,法团主义群体才会保持低调,使政府得以去做它们应做的工作。

工业污染的问题与此十分类似。正如罗伯特·海尔布罗纳(Robert Heilbroner)在1992年的梅西演讲系列中所指出的:

> 钢铁制造业没有减少污染的动因,因为它们不用支付由其造成的洗衣费或医药费。结果,市场机制没有正确地服务于它力争实现的目的之一——为社会提供对生产物品之相对成本的准确评估。[11]

换言之,市场只能计算独有成本,即排除妨碍利润的所有可能成本。社会的领导力需要计算包含全部费用的成本。

要激活市场,就如同召唤圣灵那样,就得将我们自身限制在狭隘的短期排外利益之内。

当我们转向第二个支柱——技术——时,我们的语调变得甚至更加充满敬意。可是,技术不再能够像市场那样发挥领导作用。如果技术官僚阶层如此频繁地提及技术,那是因为,这些无生命的物体可以自行其是,从而掩盖管理者在领导上的无能。然而,法人团体可以通过版权拥有自己的机制,以便从中获取收益。这正是大的法人团体在过去几年中一马当先地采取行动去加强国际版权法的原因。

又有一天,我在路过位于香榭丽舍花园的那座新艺术风格的绿漆铸铁公共厕所时,我想到了这一点,即对技术的必不可少的现代崇拜。马塞尔·普鲁斯特(Marcel Proust)的叙述者每次与祖母一起外出时,都会把她带到那里。在这个小小的亭子里,一个女人在打扫卫生,并从使用者那里收取小费。她在那里唯我独尊,拒绝衣衫褴褛的使用者入内,不管他们是多么迫切地需要她的设施。她被称为侯爵(*La Marquise*)。那位祖母最终在其中的一间厕所里中风发作。

第四章 从管理者和投机商到增长

好奇心和需求将我拉了进去。它仍旧是具有很高水准的公厕。然而,其内部已经被现代化,所以三个马桶和两个小便斗都由旋转栅门控制,要通过旋转栅门,就必须使用特殊的专用辅币。问题是,新的控制系统技术占据了一半的空间,有用的物体——真正的内容——小便斗和马桶——只占了1/3。你得通过旋转栅门,假如第一个小便斗被占用着,你就得从隔墙和正在小便的那个人之间挤过去,去第二个小便斗,在这样做的过程中,还要当心别把那个可怜的人推到他的小便斗中。那不是不言而喻的。假如我发现第二个小便斗也被占用,我在走出那个系统时,也要面临相同的困难。普鲁斯特的祖母若是不得不应对旨在使其活动更加便利的新技术,她中风发作的时间可能会早很多。

当然,大量的技术确实给我们的活动带来便利。但它极少超越形式。它对内容的影响是间接的,这解释了现代管理者对系统技术大感兴趣的原因。以微软公司的新运行系统 Windows 95 来说,想一想花在它的发布上的钱财、随之而来的事件所带来的氛围、就其优点或缺点而撰写的文章。听一听使用这一技术所赋予我们的某些新品质乃至新力量。以下是他们的描述，不是我的：

Windows 95"为你提供了一个扔东西的地方"。"可是，（它）和你找到了最便捷的途径去打开一个应用，获取帮助，或是寻找一个你正在找的文件。""你可以做诸如随心所欲地给文件命名之类的事……"

对比马克斯·韦伯在20世纪初的技术专家治国之理想，如果把劳动强度较低这一项排除在外，这些小小的官僚体制上的突破从其本身的角度看，实际上是一大退步。机器所做的事是，甚至将我们的基本行动也限制在它本身的能力水平之内。

最后再引用一段：

"开始理解——一种名为'回答向导'（Answer Wizard）的更快获取帮助的方式，让你用自己的语言提出问题。问：'我如何打印一张侧页？'"[12]

"理解"一词的使用方式真是有趣。那就是它的意思吗？某种与思想无关而是与次要的技术操作有关的东西？

传播技术在与此大致相当的水平上被引入学校。从本质上看，学校提供的是一门新的、高水平的打字

第四章 从管理者和投机商到增长

课程,仿佛它是基础教育似的。当然,基本的技术训练是有用的。但若是把它当作超出了其实质的东西来看待,就是把学生围限在等他们毕业时将会过时的技术之中。时间的浪费也将剥夺其在知识和思想方面的基础训练,而这样的训练也许有助于他们适应持续的外部变化。

有越来越多的学校正将自己很大一部分的预算花费在计算机和计算机项目上。一旦拥有足够的装备,它们就能让教室填满坐在机器后面的学生,在教室里对学生进行隔离教育的是某个不如人类聪明的东西。尤其是在一个民主政体中,这种做法牺牲了教育的一个首要目的——向个人昭示,他们如何能够**共同**在社会中发挥作用。

你将注意到,我绝非认为,我们不需要这一技术,或它不可能提供帮助。但它只是机器,它的益处或破坏力同样取决于我们给予它的指令。例如,回到现代技术革命的初始阶段。作为19世纪初最成功的工厂主之一的罗伯特·欧文深信,机器的发展将最终带来一个由正义、平等和伦理道德所支配的世界。此外,机器的效率将会把人从差不多是几个小时的日常劳作中解放出来。[13]取而代之的是，市场已经利用这种效率消除了工作，并在过去十年中，开始将工资和雇佣状况再次下拉。因此它回归了被欧文看作仅限于技术早期阶段的短期现象的模式。"随着无生命的机器被普遍引入英国工厂，人毫无例外地被当作二流的、次等的机器。"[14]

这正是该体系在20世纪初通过泰勒主义（Taylorism）推出的东西。弗里德里克·泰勒的"科学管理"将男人和女人看作应当与机器一起被管理的机械装置。这是他在哈佛商学院确立的教育核心。泰勒的假设仍然是大多数20世纪商学院的训练基础。

新的传播技术改变了这一切吗？很显然，微软公司并不这么想，假如我们以他们对Windows 95的解释为依据的话。很显然，市场并不这么想，否则它就会利用技术效率去减少工作时间，而不是减少工人，并将失业问题推给政府，而与此同时，政府正努力地将失业问题降低至最低限度。

新的传播技术为变化提供了机会吗？怎么说呢？当印刷机被引入时，其结果不是经济革命，而是受语言、信仰和对理解的渴望驱动的人文革命——世界被

第四章 从管理者和投机商到增长

深刻地改变了。但从一开始,印刷机就是独立于政府和商业利益之外的。那是它的力量。

高科技的通讯从一开始便十分不同。政府和工业一直处于发展的中心,在不断地争取控制权。甚至在信息高速公路成形之时,公共和私人利益也会把它当作信息控制系统和销售机制来瓜分它。技术能够让自己得到自由吗?技术不追求自由。那些使用印刷机的人一旦用过它之后,能够把它当作一本书的作者、印刷工和读者来使用吗?也许吧,尽管在这个阶段,可能性一点也不清楚。

我这么说是因为,在通讯部门内部和外部的规模巨大的跨国团体未给独立的参与者留下任何余地。我已经谈到过,语言被分成无关紧要的公共层面和由修辞、宣传用语、专业术语组成的紧密相关的法团主义工具。法团主义统治的一个结果是,我们被非信息的信息所淹没。政府部门和法人团体已经开始让它们的修辞和宣传用语全都以公开辩论的名义充斥互联网。

第三个经济支柱是全球化。亚当·斯密的市场的"看不见的手"正是在此处经常被提及。但如果你审视一下他真正的说法,就会知道他具体提及的大多是地方市场。这里只举一个例子："如果在同一街区，有某个职业显然都要比其他职业或多或少地优越些……"[15]这样一来，适当的平均工资就会迅速出现。斯密目睹了一个简单、有限的环境中的具有自我平衡力的市场，在这个环境中选择对所有人而言都是显而易见的。例如，刚开始工业化的英国的一个小城市有可能拥有四个做相同业务的小工厂，它们坐落在同一个广场的四面。工厂主们可以透过自己办公室的窗子看到广场对面的对手们。他们住在同一条街上。工人们在每天傍晚走出车间后，会走到同一个广场上，过同样的生活。在这样的环境中，迅速实现一种均衡状态是有可能的。斯密的这番说法也许对，也许不对，但他所描述的是一种与其中没有限制的全球市场完全不同的情形。没有中心和固定的外部限制，可能就没有钟摆的摆动，也就没有接下来的安置到位。

举例来说，我们现在年年目睹全球的贸易增长，时间已长达数年，可这一直未转化为个人财富的增长，这正是基于以上原因。我们被告知，不断提高的贸易水平将会使增长重现江湖。但贸易已经位于历史高点，对任何关键部门都毫无影响。

第四章 从管理者和投机商到增长

数十年前,有人告诉我们,只要战胜通胀,增长就会复苏。接下来,又有人告诉我们,增长的关键是去除行业里的赘肉。然后,事实证明,问题在于政府中的赘肉。然后,拯救将通过贸易的增长而到来。我们完成了所有这一切。什么也没有发生。贸易像其他任何经济机制一样,在正确的环境中可以非常有帮助。但它本身不可能去解决社会问题。

再说,这并非我们初次痴迷于贸易。查看一下19世纪下半叶就会发现,自由贸易运动的结果是非常含混的。德国在混乱中退缩了。日本,正如我提到过的那样,终于军事独裁。就连倡导这一运动的英国也发现,随着时间的推移,自己的经济却变得前所未有地拖沓迟缓。

但贸易只是全球化的一部分,在围绕着我们的所有经济变化中全球化最坚持不懈地以不可避免和不可控制的姿态出现。假如有任何人抗议这一发展对工作或生活水平的影响,仿佛就响起了荷马的《伊利亚特》中的天后的大声回应:"克洛诺斯的死去的儿子,你让我惊讶!你是在提议解除一个命运早已被确定的凡人的死亡之痛吗?"[16]全球化使我们不只是深困于神明的意愿之中。这是纯粹的命运，意识形态最敏锐的形式。其影响是什么并不重要。命运必将自我呈现。

新加坡人正在参与一场引人注目的实验。他们正在巴淡岛（Batam Island）——一个靠近印度尼西亚国境的地方——发展工业园。首个工业园将雇佣50000名工人。新加坡的问题是，它已经变成了彻头彻尾的小型法团主义的——即管理人员的——市场文明。几乎没有民主，没有言论自由，不鼓励个人主义，却具有很高的教育水平、生活水平，因而也具有很高的工资水平。

因此他们正在巴淡岛创造一个免关税、产品廉价的工业天堂。它就在他们的近海处。外国公司将要求新加坡组织他们建设工厂。在为期两年的合同的基础上，印度尼西亚人将会得到培训，以每人每月260美元的报酬（其中包含所有开销）在那里工作。那里将不会有对社会基础设施的需求，没有对工人的长期承诺，当然也没有工会。

换言之，他们将创造一种位于全球化之内却又在任何文明形式之外的生产体系。它是只致力于生产的迷失之域。它是缺乏人类社会特点的月球风景。这种

第四章 从管理者和投机商到增长

模式已经被扩展到中国的经营活动之中。此类免关税的工业区只是最近才有的现象，它给西方政府和雇员带来了限制其对跨国公司的要求的压力。

也许全球化的关键影响是迫使政府将税务负担从大企业转向中产阶级。当所得税率不能再高时，这种转向会通过商品和服务而得以持续。足够有趣的是，16世纪的神圣罗马帝国皇帝查尔斯五世（Charles V）遵循的正是相同的政策。其结果是增长的延缓，尽管黄金和白银源源不断地从拉丁美洲的殖民地运来。请把那黄金和白银的流动想象为我们兴旺发达的金融市场的对等物。正如大卫·休谟所指出的："在一个专制政府中，富人可以随随便便地密谋反对（中产阶级），将整个税务负担都扔到他们肩上。"[17]

你们中的一些人也许会说："好吧，也许我们是处在一个法团主义社会中，但我们没有专制政府。"当然我们没有。但我们的政府不再决定常驻法人团体的税务水平。它被一种名为全球经济的政府抽象替代物所武断地设定。现在西方各国对大企业的有效税率是约13%。我重申一下，是13%。如果提高那一税率，它们就将离开。换言之，过去由政府设定的税收水平现在由全球经济来设定。所以休谟的话应当被重新组织为:"在一个专制的全球体系中,跨国公司可以随随便便地密谋反对(中产阶级),将整个税务负担都扔在他们肩上。"

因为中产阶级没有足够的钱来资助国家,这一转向的结果便是真正的税收的减少,然后是政府债务的上升和公共项目的削减。

但未被征税的公司的钱财到哪里去了呢?假如它得到了正确的投资,那么也许由此导致的增长将值得社会的牺牲。也许吧。可是,正如我已经说过的,管理者们一直在将其企业的大量收入浪费在不可能带来增长的并购、收购、将公共设施私有化这类事情上,更别说把它们浪费在他们的摩天大楼和高额薪水之上了。

政府失去公司税收的最令人不安的后果也许是公开组织的赌博行为的出现。数以百万计的美元,在某些国家是数以十亿计的美元,以这种方式被募集起来,它们主要来自人口中最心灰意冷的那部分人。犬儒主义者们会说,这是他们的选择。但是,正是那些公民的政府——喋喋不休地谈论对艰苦工作和积极自主的需求的政府——突如其来地通过大肆的广告宣传活动号召那同一拨公民花可能得到 1000 美元回报的 2 美元来玩"逃出丛林"(Escape the Jungle)。或者,花可能得到 100 万美元回报的 5 美元来赢取"立等可取的百万美元"(Instant Millions)。

这让我们想起了工业革命初期盛极一时的国家彩票。受其社会中的混乱状态困扰的政府转向赌博来募集资金。正如现在一样,那些彩票针对的是较不幸和受教育程度较低的人。

全体公民有关全球化的最直接经验体现在失业领域和工作价值的缩水方面。正是在那些地方,命运的环绕似乎最为坚持不懈。显然你什么也做不了。政府承诺要创造工作,但正如核心银行家们的官方国际银行(国际清算银行)在 1993 年所指出的:"就连最不正规的手段似乎都无法施以援手,修正不断增高的失业趋势。"[18]新保守主义者在明知无效的情况下,愤世嫉俗地宣扬自力更生。个人能够做些什么来对抗一个让大国政府对之俯首称臣的全球体系?市场信徒们无视其偶像亚当·斯密的再三警告:高工资对增长和繁荣而言必不可少。正如他所指出的:

"劳工的自由回报……是增长中的国家财富的自

然征兆。"

或者:"但改善绝大部分人的环境的东西永远也不可被看作是整体的麻烦。"

或者:"相应的,我们总是会发现,工资高的地方的工人们要比工资低的地方的工人更积极、勤劳和高效。"[19]

市场理论家们还忽视了将西方失业人口长期维持在3500万至5000万之间的不可能性。这些不是社会能够以此在任何一个时间段内运行的条件。19世纪初期,反对新技术的德卢派分子(Luddite)烧毁了几座工厂的举动,是早期机械化的垂头丧气的受害者的一种地方性的沸腾宣泄。但它也是一种无意识的普遍警告:这一局面不可能持续下去。

社会选择忽视那一警告。事实上,人们绞死了五个德卢派分子,流放了其他的人。到1813年,一切都结束了。也就是说,在理论上结束了。但这些遭到制止的工匠所警告的对象——不可能的工作条件,对战胜人力的技术以及以市场为导向的社会的未加控制的偏爱——导致了将近两个世纪的不可能的社会分化。这导致了共产主义和法西斯主义的出现,更别说一系

第四章 从管理者和投机商到增长

列无休无止的叛乱和内战。在150年的时间里,街头骚动司空见惯,它们常常止于骑兵的冲锋和来复枪的同时射击。就连两次最大的西方大屠杀——两次世界大战——也是我们无力与这种自我毁灭的社会分裂达成和解的产物。最终,在最近的半个世纪中,我们实际上设法缓和了这种分裂的最糟糕部分——一种显著的成就,即使它的到来缓慢得令人痛苦不堪。

把全球化的消极结果说成是简单的命运,就是在说全新一轮的社会分裂和暴力也是我们的命运。换言之,工作市场的崩溃、生活水平的下滑、公平规则的丧失、大企业税收的蒸发和社会项目的削减都是不可避免的,因此我们必须重新开始社会分裂所带来的无休无止、徒劳无益的战争。

> 疾病肆掠大地,不幸狼奔豕突,
> 财富堆积之处,人们烂为朽木。

奥利弗·哥德史密斯(Oliver Goldsmith)在1770年写下了令人动容的长篇挽歌《荒村》(*The Deserted Village*),那是在英国第一轮土地使用重组和工业化开始之际。从理论上说，我们的问题要复杂得多，但我们也有错综复杂的机制来应对它们。全球化的所有使之显得无法控制的特性实际上却使它变得易于控制。

技术使加强管制变得较以前任何时候都要容易。政策标准之所以会瓦解，只是因为国与国之间对应当采用什么标准未能取得一致意见——也许欧盟内部是个例外。这不是技术官僚们能够引领之事。它是纯粹的政治问题，也就是说，它是公民参与以要求多国协议的问题。

国际贸易协议的形成，显示了法团主义的利益所在。这些协议也证明，我们完全有可能达成充满详细规定的具体的国际协议，它们会对市场活动产生直接影响。全体公民很少做出努力，以将更加平衡的议事日程推进到他们的国家竞技场中，更别说推到国际层面了。我们不必就复杂而昂贵的地方奖赏体系争论不休，而可以轻而易举地利用我们的精明强干去发展保障生活水准的简单的、无所不包的方法。德国也许是在国家层面上在这方面做得最为成功的国家。

休谟十分正确地将自己的商业经济建立在"常规

政府"之存在的基础上。[20]法律统治。他的经济不需要民主政体，但它确实需要常规性、稳定性和有效的执行。

我们每天都在目睹我们表面上民主但深层是法团主义的社会因全球化带来的混乱而遭受着经济上的折磨，换言之，遭受着缺乏常规政府的折磨。法团主义者无法应对这一情况。它是在需要更广泛的无私行为时却利用纯粹的私利所带来的古老问题。只有民主政体才能带来那种领导力。

※ ※ ※

让我以喜剧结束，或者，它是出悲喜剧？如今，金融市场被视为新经济体的第四个支柱。这是现在最成功的经济活动领域——在很长一段时间中最成功的。每天，外汇交易商都要在世界各地运作1兆亿美元。[21]这似乎表明，有许多钱唾手可得。假如它的一小部分是以税款形式支付的话，我们大部分的公共资助问题就将迎刃而解。

不幸的是，有两个障碍。这笔钱对于税收而言是可望而不可即的。更为重要的是，它其实并不存在。与现实无关的金钱是虚幻的。它是纯粹的通货膨胀。休谟说：

> 正确说来，金钱不是商业的主体之一，而只是一种工具，人们商定用它来促进商品与商品的交换。它不是贸易的车轮。它是使车轮的运行更加顺畅和轻松的润滑剂。[22]

斯密说：

> 金钱既非作用于工作的材料，亦非用以工作的工具。[23]

那些投身于市场力量的人在金钱这一主题上通常不会提及斯密和休谟。原因很简单。在这个相当大的主题上，芝加哥经济学家及其朋友们完全是自相矛盾的。事实上，他们已转向了斯密和休谟的敌人——重商主义者——一个经济运动团体，除了别的以外，它还相信，金钱有其自身价值。就此而言，他们在为作为古老的皇室垄断之现代版本的跨国公司提供支持时，也转向了重商主义者。乍一看，如此巨大的自相矛盾似乎是令人难以置信的。但只要你接受了他们自封的自由市场理论家的声明，这就成了事实。当你意识到，他们是管理型社会的法团主义理论家时，他们的地位就显得合理得多了。

在金融市场这个问题上，斯密和休谟是对的。这些市场的爆破性膨胀并没有资助增长，因为与资助现实活动无关的金融市场是纯粹的通货膨胀。就此而言，它们是相当深奥、纯粹的意识形态形式。

金融市场与经济体之间的这种隔离的一个信号是利率不正常之谜。自斯密和休谟以来——实际上一直可追溯到雅典人那里——人们就普遍认为，低利率通常会带来增长。突然间，在20世纪80年代和90年代，低利率开始持续导致通货膨胀。这有两个原因。首先，经济体充满了不可测量的膨胀，譬如金融市场。其次，我们在这整个领域中的缺乏管制意味着我们鼓励投机。在最后的分析中，金融市场的一切都是投机。老套的投机的运作者是精于世故的新技术官僚。就仿佛约翰·劳（John Law）转世成了某种比他生前任何时候都要糟糕得多的东西，南海泡沫事件（South Sea Bubble）成了令人尊重的事件。如果社会允许并奖励抢劫，那么抢劫就会得到投资。

正是因为金融市场是纯粹的投机，所以它们是最容易调节的领域。就连经济发展与合作组织（OECD）成员间的基本协议都可以终止这骤降的不稳定性中的很大一部分。有声明说，布雷顿森林体系（Bretton Woods）在市场力量面前土崩瓦解了。对此我们可以这样回应：布雷顿森林体系——首次国际金融管制的尝试——监管了30年的显著增长，与之相伴的是相对较低的通货膨胀和几次小规模的危机。现在，缺乏调节的金融市场给了我们20多年的危机、不稳定、无正当理由的投机和不真实的增长。

但我们需要或想要的是增长吗？许多社会批评家认为，我们已经有了一段如此疯狂的增长期，所以它除了走向末路外，别无选择。他们谈到对可持续性发展之类的东西的需求。至于管理型法团主义精英，他们仍忠于其形式。他们的眼界无法超越其定义好的利益而看向任何更广阔的画卷。对他们而言，更大的画卷只作为一种意识形态上的抽象而存在。从现实的角度看,它是不存在的。

他们固守18世纪和19世纪的增长理念——增长或多或少地是商品的直接产物,尤其是资本财货的直接产物。然而,我们的社会似乎没有能力沿着那条道路继续走下去。我们不需要更多的真实产品。因此我们的精英们开始发明一种模仿增长的童话。注意,尽管法团主义社会不鼓励创造性,但它鼓励幻想。就增长这个主题而言,我们正在体验一种对幻觉的集体的狂热追求。金融市场是个主要例子。但这样的例子还有:商业地产的繁荣;对管理结构的无止境的投资;我们对消费主义的渲染,范围从高标准的巴洛克艺术到彻头彻尾的疯子。

我们越是深陷于这种虚假的增长中,经济本身就会变得愈加具有天然的通胀性。

我的建议是,我们迫切需要重构增长的理念。早期的工业模式现在已发挥不了作用。应用于我们社会的是一种排他的公式。受技术官僚所鼓励的虚假的增长正将我们拖入甚至更深的危机。但是,可持续发展的理想仍然离应用权力之现实非常遥远。

例如,我们目前所理解的增长将教育划归为一种成本，因而也是一种负债。另一方面，一只高尔夫球是一种资产，出售它是一种可以度量的增长因素。整容是种经济活动元素，而心脏搭桥手术是种经济必须加以资助的负债。假日是服务业的珍珠，而儿童保育则是种开支。

换言之，我们的资产和负债、商品和花销概念对增长之现实有消极影响。我们无法考虑一个错综复杂的社会的需求。对培训和公民所关心的事情的投资不能算作一种资产。但通过销售高尔夫球而获得的增长的幻觉根深蒂固。

很难想象我们怎么可能逃离我们持续的经济危机，除非我们能够重新思考增长的实质。正如你在一个法团主义社会所能预料到的那样，我们目前的狭隘视点紧盯在短期利益上。我所说的重新思考指的是，我们必须努力退到足够远的地方，看看社会中的价值何在。文明越是错综复杂，价值就越有可能位于不属于直接利益的领域。如果可以在一个范围更广、更包罗万象的框架内思考增长，那么奖励那些社会发现了其益处的东西便会立即成为可能。

我们目前对市场的无形之手的沉迷对这种局面毫

无帮助。它只会使我们的由经济幻觉和不平衡构成的状态更加恶化。

今天你被告知的事是，经济真相和全球化的必然产物，更准确地说是等待命运降临的迷信之人的被动评估。这是最理智的男人和女人可以轻易抵制的态度。但抵制意味着承担责任。在我们的精英中，没有丝毫发起可将责任概念塞入权力概念的改革的欲望。只有全体公民坚持不懈的公开介入才能使这样一件事情得以实现。

第五章 从意识形态到均衡状态

等到你或我实现稳定的均衡状态的那一天，我们周围那些不那么幸运的人将会得出以下两个结论中的一个。要么，我们死了，要么，我们滑入了可被临床诊断为幻觉的状态。而生活在幻觉中，就是生活在意识形态带来的舒适感中。

务实的人文主义就是向均衡状态航行，却不期望真的能够到达彼岸。正如意识形态会从全球伸向微观图景那样，非意识形态的方法也会应用于各个层面。首先是苏格拉底的处女航——驶向知识，却不期望会找到真理。

没有也从未有过任何迹象表明，有任何无形之手被动地将我们掌握在一种天生的均衡状态之中。人类社会是种人类构造，即使有外部力量逼迫、驱使和限制我们。人文主义社会——用我们的话来说就是，民主社会中的作为公民的个体——不仅是种人类构造。只有通过其全体公民的日常努力，它才能得以继续存在。

我已经提到过许多位于这种日常努力之中心的对立项。我们现在可以在这份清单上再加上些简单的较量：有意识对留在无意识中的舒适感，责任感对被动性，怀疑对肯定，乐享人生状态或同情他人的状态对自我厌恶和涉及他人素质的犬儒主义。

这种认为对他人的同情是人类状态的基本特性的观点,恰巧也是亚当·斯密的《道德情操论》(*Theory of Moral Sentiments*)的核心,他的经济学理论的伪信徒们很少提及这篇文章。他们只允许自己将狭隘的阅读范围局限在《国富论》,然后将之应用于社会的一般性组织和状态。没有迹象表明,那是斯密的意图。

毕竟,他的同情理论反对将自爱说成行为的基本动机。他还将美德定义为由三种元素构成:举止得体、慎重周详、仁慈善良。在他看来,举止得体意味着对我们的情感的适当控制和指引;慎重周详意味着对我们的私人利益的审慎而明智的追求;仁慈善良意味着只践行那些激发他人幸福感的情感。很难想象,可怜的亚当·斯密怎么会身陷于市场经济学家和新保守主义者之类的弟子之中。他的社会观与他们的有着深刻分歧。

也许应当将另一个本质问题加入以上清单:对时间的接受对对时间的恐惧。意识形态将时间用作武器。它玩弄我们对死亡或不复存在的恐惧,而这种恐惧在很大程度上是无意识的。它通过将时间变成一个由人

第五章 从意识形态到均衡状态

类状态的大部分现实方面构成的反复出现的鬼怪，间接地在那些恐惧之上抓来挠去。时间是有限的。没有时间失败。

对我们生活中华而不实和微不足道的两方面的安全天堂的反复幻想，与打败时间或至少是控制时间的做法紧紧捆绑在一起。由围绕在意识形态周围的必要性和必然性构成的整体话语——从法团主义到偿还债务——都围绕着一种"机不可失，时不再来"的威胁而建构。假如我们因为思考或怀疑而出现片刻的犹豫，时间这个伟大的敌人就将把我们打得一败涂地。

在管理理论刚出现时，就存在有关机器人的伪科学的泰勒模式。只要把我们装进一个适合机器的结构中，就可消除围绕在人类活动周围的时间的不确定性。机器也许会贬值，但它们不畏惧死亡。至于法团主义的等级结构，人们会营造出一种永远固定不变的时间幻觉。在这里，在一种功能的角色中，人类避过了时间流逝的威胁，只有在制度层面上是个例外。

在20世纪末，有关这一问题，存在一种令人好奇的、高度务实的补充。个体从未有过这么多的时间。光是在20世纪，西方人的寿命就延长了大约二十五年。

我们现在多出了50%的时间去做任何想做的事情。鉴于我们普遍的生活水平和教育水平，我们至少可以利用其中的一些时间去进行更多的思考，或是用一种导向怀疑的更放松的态度来取代与确定性的竞赛。

可是，多拥有50%的时间的实际效果似乎恰恰相反。我们更进一步地退入那些使我们对时间的威胁特别敏感的无意识的恐惧中。在过去几年里，必要性的威胁，时不我待感的威胁，轻而易举地不断动摇着极其精明世故的公众。

我们可以给自己找借口，只要我们声称，这些巨大的变化中的大多数变化都与经济政策相关，而鉴于经济学家群体中的准一致性，我们中的大多数人都特别缺乏理智应对这些问题的培训。至少我们在种族主义问题上立场坚定，在不久之前，我们在这一点上表现得非常虚弱。

但这根本不是理由。当我们在种族问题上表现差劲时，相关的精英们就那一问题却达成了准一致性。每个时代都有其意识形态，公民很少被赋予公平的机会去思考问题。我们的机会是自己创造的。

例如，看一看我们借以组织我们现在的生活（从我们的教育一直到我们的事业）的方式。这种模式越来越呈现为一种绝望的冲动，仿佛驱动它的是，时间将会把我们留在身后这一威胁。其结果是，我们人口中越来越大比例的人现在面临着25年的按兵不动。我们称之为退休，它的一部分颇受欢迎。但不是25年。这意味着，在意识层面，我们没有特殊的理由、肯定没有务实的理由对我们的生活进行前端装载。那么，为什么我们的文明会促使我们这样做呢？

可以说，法团主义——连同它的以市场和技术为导向的幻觉——与人类种族的机械观深刻相关。这不是一种对社会形态或作为公民的个体有任何兴趣或承诺的意识形态。它执着于使用机器——无生命的机器或人类机器——的冲动，在这些机器仍然具有全部价值时，在它们经历任何贬值之痛之前。

有一个被人们牢记在心的对立项似乎有可能成了我的清单的漏网之鱼。个体义务与个体权利的对立该当如何？这是个区分左派和右派或新保守主义者和自由主义者的大话题。

我不仅没有将这两个词放在对立面中说，而且直至现在，我都没有按照习惯性的方式去使用它们。为什么？因为我认为，我们使用它们时的习惯方式，是对这些概念之历史的严重歪曲，并因此推动了一场翻来覆去、徒劳无益的辩论。这场辩论反过来又会确认法团主义的优势地位，促成那些希望市场力量和技术来领导我们的文明的人的胜利。这种歪曲导致的过失，既存在于右派之中，也存在于左派之中。

当从中间派到左派的人谈论权利时，就仿佛这些权利是无所依傍的，是与社会存在毫无关联的，这也就意味着它们与公共利益的存在毫无关联。而对从中间派到右派的人而言，义务常被提及，仿佛它们指的要么是在与社会隔离的状态中自己照顾自己的要求，要么是对服务于社会的某种绝对需求（它们通常被归结为法律和秩序、防御和道德秩序）的要求。此处还是没有提及公民在维护公共利益中的共享角色。

因此，左派和右派的知识立场是相似的，因为两者的基础都是自我专注或自私自利的个人主义概念。当然，左派会抗议说，这些权利得到了公平分配，因而代表了一种公平形式。他们还会抗议说，他们将政府、规则和税务视为可使社会公正地发挥作用的基本结构的组成部分。但假如他们的权利定义造就了一种独立于那种基本结构之外的个人主义形式，那么，他们也就为在理论和实践两方面终止他们希望创造的公平社会创造了条件。

看一看使旨在增加公平性的制度、规则和项目正在远离我们的社会的那种无忧无虑。毫无疑问，这是那些改革者的方法中的缺陷的终极证明。

至于右派所提倡的个人主义版本，它要么是天真幼稚的产物，要么是犬儒主义的产物。右派的说辞是什么？他们说，个人主义要求个体公民放弃使用自己的能力和权利，从而通过他们自己制造的公共机制，将自身的力量与其他公民的力量汇集在一起。这是有关人类社会的疯狂的自我毁灭理念。在巨大无比、不可预测和无法控制的力量面前，它放弃了个体，使之处于孤立无援之中。只有极少数人及其随从才会得益于这样一种不平衡的对峙状态。一点也不奇怪，上面所说的随从指的是那些忙于出售这样一种失衡的对峙状态的必要性的人。因此，正如事实现在所呈现给我们的，现实义务是对法团主义结构的一种忠诚，亦即顺从。

相对而言，要追踪义务的这一歪曲观念的起源是件很简单的事。它要追溯到法团主义运动在1870年左右的诞生，当时，宗教领袖和既有的等级利益正在寻找在接受工业化的同时又否定个人主义和民主政体的途径。他们的解决办法是，将有关上帝的忠诚仆人的古老概念与对社会权威的尽职服从结合起来并加以重构，从而造就对理性法团主义结构的强制性臣服。

左派对公民权利的阐释的起源要复杂得多。从12世纪起，特别是从17世纪以来，全体公民及其同盟将自己从身为臣子的人为状态中解放出来的战斗就一直显得艰苦卓绝。使他们的地位正式成为合法性之源泉的努力甚至还要艰难。我使用了"战斗"一词，因为只有在拼死挣扎之后，经过一段非常漫长的时间，直至进入20世纪下半叶时，他们才取得了进步。

不幸的是，这种斗争的现实采取了一种暗中破坏其含义的形式。通过聚焦于从既有秩序手中夺取一种又一种的权利，改革力量在实践中证实了他们在理论上反对的东西。在理论上，他们谈论天赋的权利。在实践上，这些权利呈现为从既有秩序手中赢取的东西。因此，合法性之源泉保持不变。权利只是通过武力暂时性地从既有秩序手中被夺走罢了。如今，那些同样的权利不费吹灰之力地重新落入那一既有秩序的法团主义形式之手。尽管人们不停地正式宣告公民的权利，可这一切却正在发生。

为什么？因为公民成为合法性之源泉的现实从未在实践中成功成形过。为什么？因为赢得的权利被改革力量定义为独立的权利，也就是，独立于旧有秩序之外。不幸的是，这意味着，它们也将独立于公民捍卫那些权利的规范形式之外，即独立于公共利益之外。

其中最为重要的是，改革运动的领导者的今日继承人已将其权利观念并入他们对法团主义结构的接受之中。这里只举一个例子。哲学一向是有关人类状态的公开辩论的焦点。这是因为，成功的改革取决于对可以获得的哲学选择及其含义的广泛理解。突然之间，人文主义的庄重、洪亮的哲学声音从公开辩论中消失了。为什么？因为它的大部分支持者都陷入了复杂的哲学专业主义之中——一个由狭隘的专业化和无法渗透的专业术语构成的世界。一个哲学法人团体。他们使公开辩论领域向另一边的较为愤世嫉俗的力量敞开了大门。那些不相信哲学上的公开辩论是可能的（更别说是值得的)的人如何能够去领导那些掌握着相同的人文主义方法的人?

我可以通过一个个部门,换言之,通过一个个法人团体来追踪这一现象。自由派和社会民主派思想家全都太过经常地选择在他们眼中属于专业化和专业主义的制高点的东西。由以公民为基础的合法性和公开辩论构成的真正的平民政治已被抛弃,让位于由古老秩序构成的虚假的平民政治。

我很乐意提一提左派的弱点的最后一个源头。从启蒙运动之初,在改革者中间就存在至少一丝对公民的畏惧。特别是自由派,他们献身于理论上的公民,但不是真的献身于有血有肉有思想的公民。

于是,争取公民权利的运动一向被看作一种自上而下或从外部推进的理想。在本质上,苏格拉底式的运动从一开始便受到了柏拉图分子对公民的不信任的感染。或者,把这个问题放在现代经验中说,革新中的精英们从未能将自己完全从由霍布斯在17世纪发起的权威主义战役中解放出来。霍布斯认为,除非使平民保持对某种权威的敬畏,否则他们便会胡作非为。对惩罚的畏惧是控制我们的最好方法。我们的革新中的精英们拒斥霍布斯贩卖的恐惧中最为明目张胆的方面，却几乎全盘接受了他将社会组织视为一种控制机制的观点。在《利维坦》(*Leviathan*)中，霍布斯指出："当人类生活在没有一种公共权力使之一直保持敬畏的时期，他们就会处于被称为战争的状态之中。"公民权利被埋在法律之中，公民的地位被埋在专业主义的层级体系中。

若是到了法律和专业组织缺乏使我们保持敬畏的情感力量的程度，我们就会加上意识形态的力量。谁不会被市场的"看不见的手"或技术的"显而易见的命运"所吓倒？但正是法律和等级制度的结合创造了一种受到控制的社会形式。改革者们将这种控制视为打着公正之名的实践，但他们的方法使得我们在私利的力量面前毫无抵抗之力。

看一看自由派和社会民主派政府所怀有的渴望，它们渴望拥抱这样一种理念：普遍的学校教育应当得到重构，以充当通向管理型经济的管道。你将发现，这种理念突然在西方各国盛极一时。新的意大利中左联合政府是最近期的例子。它们异口同声地说："我们必须务实。我们必须生产可以找到工作的公民。"但这些变化对工作场所中的个体毫无帮助。然而，它们使年轻人做好了接受法团主义结构的准备。

※ ※ ※

既然这样，如果有关个体权利对个体义务的辩论被确定地说成对民主政体而言是徒劳无益的甚至危险的，那么这两个词语中的任何一个能够被明智地重置吗？

我将这样来使用它们。各种个体权利受法律保障的程度，取决于它们受到全体公民参与社会之义务的实践的保护。权利是一种来自社会的保护。但只有承担起对社会的义务才可使个体赋予那种保护以意义。

那么，假如有一种教育和社会体系热情洋溢地相信，专业素质和专业化是使人这一物种跳出迷信和情绪的泥沼的核心，而这只能通过一种狭隘的、以目的为导向的教育，通过基于专业技术的行动才能实现，这种教育和社会体系会是怎样的？人们根本不可能对这一看法进行丝毫驳斥。它滋养了我们所有政治派别中的精英。

但这是一种对待社会的抽象态度，而人类不会像

第五章 从意识形态到均衡状态

抽象概念那样发挥作用。权力存在于制造整体功能的机制之中。这种有关社会的抽象观念拒绝将那种权力交给人类。一个将前进定义为由无数多少有些密不透风的隔间构成的整体的教育或社会体系，会否认一个以公民为基础的社会的可能性。因此，它会否认个体是合法性之源泉。

无论专业主义和专家意见的抽象意图也许是多么良好，这一方法的最终结果都是关于男人和女人的机械观。作为觉悟之基础的知识和真正意义上的理解变得不可能。以这种方式构想的社会是透过法团主义者的眼睛看到的社会，它既否认人的复杂性，也否认人类社会的复杂性。

所以，真正的个人主义是以一个公民的身份行事的义务。这与对公共利益之外的利益的盲从或遵从毫无关系。让我最后一次重复几句苏格拉底的自我辩护中的话：

> 也许有人会说："但是，毫无疑问，苏格拉底，在你离开我们之后，你可以用你的余生去静静地思考自己的事情。"这是最难让你

们中的一些人明白的事。如果我说……我无法"思考我自己的事情",你们是不会相信(我)的。

现在,法团主义的本质正是思考你自己的事情。而个人主义的本质是拒绝思考你自己的事情。这不是种特别令人开心或轻松的生活方式。它不是有利可图的、高效的、有竞争力的或有回报的。它的构成时常是,不断地激怒别人,或是显得刚愎自用和重复乏味。启蒙运动的德国发言人弗里德里希·尼古拉(Friedrich Nicolai)清楚地指出:"批评是我们所拥有的唯一的得力伴侣,它在揭露我们的不足的同时,也能唤起我们对更大的改善的渴望。"[1]

批评也许是公民在践行其合法性的过程中的首要武器。那正是顺从、忠诚和沉默在这个法团主义社会中如此受推崇和奖掖的原因,是批评如此受惩罚或被边缘化的原因。谁不曾经历过这种冲突?

举一个最近才被披露的具有说服力的例子。20世纪60年代,一家重要的美国烟草公司的管理人员在自己人中间进行了长期的辩论,辩论主题是他们是否应

第五章 从意识形态到均衡状态

当将自己公司的证实吸烟有害健康的研究结果通报给美国卫生总署。最终他们决定什么也不说,并且停止对一种较安全的香烟的研发。毕竟,研发一种较安全的香烟将会打破他们的沉默,因为你得建议别人说,他需要一支这样的香烟。取而代之的是,他们开创了一种什么也不承认的合法而公开的关系策略。[2]

他们经过艰难辩论而做出的不予批评的决定,实际上迫使他们走上了完全相反的方向,走向了富于侵略性的从众性。

> 过失,亲爱的布鲁图斯,不在我们的星空之中,
> 而是在我们的内心之中,我们对它唯命是从。

过失也存在于法团主义的结构之中。烟草公司的管理人员们确实在一时之间躲过了布鲁图斯的命运,尽管这只能通过牺牲掉他们的自尊,也就是说,通过抛弃个人主义以保持唯命是从。现在,命运突然降临,使他们还另外失去了荣誉;他们失去了那个体系在

30年前鼓励他们抛弃掉的自我尊重的公众形象。

这一点也不奇怪,在这样一种专业的从众主义的氛围中,我们应当在我所说的虚假的个人主义中寻求安慰。虚假的个人主义也可以被称为表面上的自我满足。问题不在于,对我们的个人欲望负责天生是错的。服装、假日、运动、多种多样的婚姻和性高潮、面部及其他部位的美容可能都是在令人厌倦的生活道路上的令人愉快的临时绕行。为什么我们不应当转移自己的注意力?问题是,这些令人愉悦的时刻正越来越多地被鉴定为个人主义的表达,被鉴定为个人主义本身。

私有部门的管理阶层和新保守主义者尤为抱怨的是,穷人已被赋予了只为个人打算的权利;不过,他们本人也热情洋溢地拥抱了只为个人打算的享乐权利。

假如只从合理性方面看,这些消遣没有任何过错,而且在一个部分人口理当不参与任何活动的社会中也属正常。那一小部分人不参与社会活动的自由是社会健康的信号。但假如现在占人口1/3的全体精英实际上都接受了公众的沉默和专业层面的私人被动性,然后脱离社会,并将积聚起来的怨气发泄在私人享乐上面,你就会知道这个社会遇到了麻烦。

第五章 从意识形态到均衡状态

在个人释放中会有某种满足感,但正如阿尔贝·加缪(Albert Camus)笔下的人物所指出的:[3]"一个男人要有自制力。那才是真正的男人,如果不如此……"[4]

我们的问题不是在废除享乐还是拥抱它之间做出选择,而是要寻找也许有助于将个人从法团主义的从众性中释放出来的机制。

我们完全知道公民真的参与时会发生什么;自陪审团在中世纪早期出现时,我们就知道了这一点。在追寻自身之间的一致意见的过程中,这些由 12 个人组成的无私利的、互不关联的群体通常会在自己之中发现贯穿各种人类品质之优点的集合。于是陪审团变成了一种均衡机制。它的人性的平衡提供了某种逃离了法官和专家的法眼的东西。你将注意到,他们的任务不是寻找答案,不是寻找真相,而是确定是否存在合理的怀疑。这是人格化的公民角色。

如今我们的最大需求之一是寻找能够帮助我们,即全体公民,以类似于复制陪审团的有意识的理解的方式介入辩论的方法,甚至是简单的机制。我们不是要击败、推翻甚至抛弃法团主义结构,尽管它会节节败退。这是一个在其所控制的社会越来越虚弱之时持续变得强大的体系。

因此，事情的关键是以任何可能的手段将身为公民的公民塞入这个体系。然后，让与高水平的参与相结合的批评机制发挥作用。

如何才能实现这一切？这个嘛，请想一想我们文明的形式化的动态。法团主义社会的自身建构是为了消除公民对公共事务的参与，除非是通过投票这一孤立行为或通过志愿活动。这些志愿活动涉及牺牲形式上为了其他活动而留存的时间。因此，运动、吃饭、假日，更别说工作，实际上都被建构进了我们的财政和社会奖赏体系。公民参与不是这样的。事实上，几乎我们所做的每件事——除了我们以公民身份参与活动——都被正式建构进我们的社会体系。这表明，在一个法团主义社会，民主政体会正式遭到阻止。它被边缘化为一种志愿精神。不过，只需简单地使公民的参与变得形式化——即通过借助于我们对个人的正式行为的建构而使每周都留出一定数量的时间——我们就能够使大量民众开始加入公共活动。我们无法预先判定他们会产生何种影响。但在一个迷恋结构的社会，

第五章 从意识形态到均衡状态

我们将会正式地承认批评、不盲从和无私的主流功能。

让法团主义结构本身奖励或赞赏批评是不可能的。因此必须要做的是,加强批评可据之而大行其道并最终能够使公民居于支配地位的计划。

但即使是批评的这一简单角色,也会始终是种不可能实现的理想,除非我们能够清醒地辨别出,作为公民,我们已经多么深地滑入了言语上的盲从。也许,假如我们能够学会将我们对待公开辩论的态度与我们前辈——例如,中世纪早期的基督徒——的态度进行比较,我们也许就能够意识到自己的被动性。中世纪的异教徒们是一些这样的人:他们"倾向于自己的看法,而非那些特别有资格对信仰之事发表意见的人的看法,以此来显示其在知识上的傲慢自大"。时至今日,你可以用我们成千上万种专业中的一个去取代"信仰"。"因此,异端是种严重的背叛行为,犯下了背叛神圣王权的罪行……"[5]我们在控制忤逆之罪方面已经大有进步。我们不再需要五马分尸。当今的异端只会发现,自己的事业分崩离析,他本人被抛到了法团主义社会的边缘。

然而,公民在使公开辩论发挥作用方面面临的极大困难始于我们语言的危机。我谈到过无权无势的公众语言与法团主义的修辞、宣传用语和专业术语之间的区别。这为公开辩论设置了极大的障碍。当务之急是处理最简单的沟通问题——首先是处理官方语言中的荒谬元素。

我们潜在的问题是，公众语言再也不能通过与单一、孤立的起因做斗争的方式来塑造权力。公开辩论这一方法是在18世纪被引入的。如今，法团主义那密不透风的网络意味着，这些为了正义而进行的特殊战斗充其量会止于孤立的胜利，它们随后通常会被轻而易举地边缘化。正义事业过去的那种广泛影响在现在极难实现。

当我谈论弄清官方语言的荒谬之处的必要性时，我指的是我们有必要怀疑对语言的整体态度。举一个小例子：我们将取得重大的成就，如果我们能够聚焦于那些为法团主义摇旗呐喊的人的倾向，他们赞美乡村牧歌——墨索里尼口中的意大利农村（Italia Rurale）。或是美国小镇。或是常识性的保守主义。位于这些过分简单化的乌托邦背后的，始终是一种由道德洁癖、深厚根基、地方归属感和清晰的共有幻觉构成的

第五章 从意识形态到均衡状态

感觉,是这些简单的乌托邦的提议人正在用自己的另一只手借助法团主义加以清除的一切。

这样一种两手态度自相矛盾到了荒谬的地步。但相较于说出虚假的乌托邦的简单性,说出法团主义的问题的困难使得其中的一个成了另一个的完美陪衬。结果,我们似乎无法辨别官方话语的滑稽性质。

不过,这种诡计毫无新意。100年前,埃米尔·涂尔干便清楚地列出了法团主义方法。他说,真正的信息对民众而言太过复杂。

> 它只有通过符号的传递才能够成为公共财产,因为这些符号"简单、明确、易于描绘",使真相明白易懂,而真相"因其维度、其组成部分的数量、其管理的复杂性,很难被牢记在心"。[6]

涂尔干愉快地将符号当作一种宣传语言来论及。符号是语言的图像,具有自身使用价值的它们是极易操纵的。我们已经脱离了种族的符号和形象,但我们依旧会受到其在权力领域中的摇摆的影响。荣格说:

"精神基本由图像构成。"我们现在处于淹没在图像影响之下的文明之中。我们至今未能清醒地辨别出那些图像可以扮演而且确实扮演着的权威工具的角色。

我们所有人都可以操纵图像。但可以最轻松、最高效地使用它们的是那些受到资助的鼓吹者。即使诚实地加以运用,图像也充其量是种符号。它代替不了一种功能性语言的持续的沟通性。

只有通过语言,我们才能找到走出目前困境的途径,正如在始于12世纪的人文主义的重大突破期间,语言的重新发现为西方人提供了出路那样。对于那些沉迷于具体的解决办法的人而言,这种对意义的重生或再发现的呼吁也许看上去完全是模糊不清的,是与现实毫不相干的。但语言在发挥作用时,是使激活现实变为可能的工具。

在本杰明·富兰克林开始思考闪电之前,流行的观点一直将闪电鉴别为一种超自然的现象。出于那一原因,火药常常被储存在教堂,以赋予它神圣的保护。教堂的钟声会在暴风雨期间敲响,以阻挡邪恶的精灵。在1750年至1784年间,闪电袭击了386座教堂,杀死了103位敲钟人。[7] 1767年,闪电击中了一座地窖中装满了火药的威尼斯教堂。爆炸炸死了3000人。

换句话说，有足够的证据证明，神圣的保护没有阻挡住闪电。但只要没有语言去摧毁流行的观点，它就会岿然不动。如今，我们有关市场的无形之手的经验与此类似。我们需要的是可以证明其滑稽性质的语言。在1973年至1995年间，经济灾难的闪电多长时间会袭击西方经济一次？那只无形之手的神圣保护在哪里？富兰克林证明了闪电的真实性质，其方法是思考问题，建构一个论点，最后将之付诸现实中的实验。

如今用以检验大行其道的谬论的许多论点的困难之处在于，它们都陷入了解构主义的普遍假设之中。它们没有追寻意义、知识或真理。它们致力于证明，所有语言都与利益捆绑在一起。解构主义者反对将语言当作捕捉修辞和宣传用语之邪恶的信息交流。但是，假如语言总是自私自利的，那就不可能有无私之举，也就不可能有公共利益。其纯粹的结果一向是强化了法团主义的这一观点：我们全都作为我们社团内部的机能而存在着。

若是用我的话来重新表述这个问题，那就是，解构主义者们已经有效地攻击了我们对答案的沉迷，但其方式也破坏了我们的问题的有效性。于是，笃定如常的答案得到了强化。

无论怎样，改造语言的最大希望不在于学术分析，而在于公民的参与。我们知道，大学处于危机之中，它正试图通过与各种法团主义利益的结盟来渡过难关。那是种短视行为，是自取灭亡之举。从它们对社会所承担的义务的角度看，那是极不负责任的行为。

但大学之所以陷入危机，也是因为学习的历史过程再次滑入了诡辩和经院哲学的安乐窝中。在公元前5世纪，智者的目标不是生产智慧或善意，而是生产效率和机智。[8]这听上去也许非常耳熟。这些是为商学院和社会科学中那些培养智囊团和基金会的组成部分所吹嘘的特性。

苏格拉底问希波克拉底（Hippocrates）:"在希腊人面前将自己呈现为智者，你难道不会感到羞耻吗？"希波克拉底回答：“是的，确实，苏格拉底，如果我说出心中所想的话。”

至于16世纪以来的经院哲学家们，令我们想到他们的是他们将任何也许与现实有所关联的论点与一个永久的注解过程捆绑在一起能力。所有可获得的时间

第五章 从意识形态到均衡状态

都消耗在了知识程序和阐释之上。这需要智力,但不需要思想。

如今,在我们高度复杂和碎裂的学习领域内部,情况如出一辙。我们只能借助于学习现行的学习机制来讨论或制造知识上的进步。这是个如此艰巨的任务,而且众多的专业化看门人使之变得更为艰巨,以致没有人能够生成整体的思想。这种知识上的分裂解释了学术界在面对其理应加以防卫的社会危机时的某种被动性。

对哲学家、政治科学家和经济学家——与民主体系特别相关的三个领域中的人——而言,抗议复杂性使针对其问题的严肃的、经整合的公开辩论变得不可能,这绝对是不够好的。毫无疑问,他们注意到了,他们在20世纪的大部分时间中(实际上可追溯至整个19世纪)所取得的引人注目的公众支持已经越来越少。他们将此归咎于什么?我将会辨别出全体公民中的一种感觉,即他们已被自己的思想家们抛弃了,这是种被背叛的感觉,背叛他们的是知识阶层,它没有认真地对待人性体验,尤其是没有认真对待以公民为基础的民主政体的剧情发展。

大学社区现在要采取的理智之举是,从其私利中转过身去,以便在重振和扩大大学前教育的运动中发挥领导作用。它们也许会发现,这种无私的行动将会通过使其脱离与法团主义模式的同流合污来强化其作用。回归更广泛的人文主义的责任。

这种方式与我之前有关如何将全体公民纳入正式的权力体系的评论都旨在指出,此时我们需要的不是另一轮的朝着这个或那个方向的渐变。法团主义的影响是如此富于侵略性,所以全体公民的策略不应当是改变既有政策,而是改变动态。

让我再给你们举个例子。我在本章的前面部分谈到过我们惊慌失措地将教育和事业装载于相对漫长的生命之前端的举动。该体系不仅要求一种仓促行事的过程,而且要求一个日益专业化的过程。

我们已经在苦于大学毕业生们的影响,他们拥有很少甚至没有基础教育,因为工作市场的要求在攻读学位所需的课程中被如此直接地量化了。现在,那同一现象正在向大学之前的教育延伸。

不过,我们真正的问题不是时间问题。它将越来越是财政问题。从长期来看,没有一个社会能够

第五章 从意识形态到均衡状态

为25年至35年的退休时间提供资金。重新查看我们过时的模式将会明智得多——对个人而言也要适宜得多。为什么不从生命末期拿出五年至十年，将之转变为开始？换言之，为什么不实实在在地利用通过更长的寿命而赢得的时间？我不是单纯地指功利性使用。假如50%的寿命增长是文明的胜利，那么这个文明就应当从中获得某些优势。

例如，绝对没必要为了聚焦于管理和技术之类的结构性元素而缩窄前大学教育的范围。也没必要让大学输出没有有关其文明经验之记忆、没有伦理道德之语境、没有对其社会的更宏观画面之感觉的21岁的专家。在两个层面上，在转向专业化之前，都有大量的时间来进行普通教育。在进入30年至35年的职业生涯之前，也有大量的时间留给认真体验公共服务的阶段。

技术官僚们会说，我们负担不起更多的教育和更多的公共服务。真相是，从人性或财政的角度看，我们也负担不起将作为个体的我们在55岁或60岁时投入迷失之域。正如我业已指出的，教育是种资产，不是种负债。我们只因为自己狭隘、过时的增长定义便将它看作一种不具融资价值的开销。

我们通过削减公共教育课堂的规模——这意味着更多的教师——通过扩展那种教育的范围，使一切都需要争取，甚至是财政上的争取。在让未来的商学院学生、医学院学生和经济学家（这里只举几个类别）通过专业化而使其思想变得狭隘之前，我们需要花时间给他们提供一种坚实的本科人文教育。一旦他们走上社会，这将对他们的行为方式产生重要影响。一则，它将加强他们在其专业之外的作为个体的、有责任的公民的存在感。再则，它将培养他们思考而非附着于过程的能力。

至于公共服务问题，我们可以看看周围以公民为基础的民主政体的逐渐窒息。为什么我们会期望被高速推入法团主义过程的个体在其事业的高峰期突然改变路线，以便成为不人云亦云、敢说敢言、无私的公民？我们是种瓜得瓜，种豆得豆。我们已不再有理由将这种功利主义的或机械的态度归咎于缺少时间。现在，我们在生命的末期有了很长的闲暇时间，如果将其转移给早期阶段，它便有可能被用于公共服务。

什么公共服务？它将如何组织？那些是管理性问题。起点始于更多有关需求、优势和可行性的基本问题。如果我们能够聚焦于这一切，细节就将接踵而至。

无论我们选择哪条道路，需要的都不是改革，而是动态中的变化。在政治学中同样如此。只要金钱是政治生活中的核心因素，最大的利益集团就能够用它来为自己的目标服务。因此需要做的不是限制资金或是鼓捣对资金的监控，而只不过是使它们远离选举过程。来自视觉技术的铺天盖地的间接宣传使所有针对渐进式改革的努力都适得其反。但假如私有部门的资金因素被去除，留下的就将是语言和辩论的极简主义的运用。其结果将是低调的政治形式，在其中，质疑和怀疑都是可能的。

有大量针对限制失控的金融市场之影响的计划，例如，通过交易税。但那是渐进式改革的弄巧成拙之特性的又一例证。这种税制将简单地把政府与对真正的经济和增长的敌人的依附关系绑在一起。另一方面，甚至少数西方政府之间的几份简单的联合协议，就可以切实地让因我们而大行其道的投机的最有害部分停下来。

同样，全球化论点坚持认为，在一个没有经济边界的新世界，所有社会政策都具有不可调节性。事实证明，这是不对的。在过去几年中，一系列极具复杂性的有国际约束力的贸易协定得以签署。绝对没有什么会阻挠有关工作公平性和社会标准的匹配协定的谈判。也不存在任何在无所不包的国际层面上开始此类协议的需求。像贸易一样，社会政策可以先在区域基础上建立起来。被说成是不可能的国际、社会规则的东西，实际上反映了法团主义精英不愿意进入此类谈判。因此，这纯粹是政治意愿的问题，即民主意愿的问题。

即使在如技术一样广大的领域中，我们的被动性也是全无必要的。我们对于新技术的唯一控制权与安全性的各个方面有关。但将一种公共利益元素加入那些以安全为导向的执照管理机构的做法，将带来一种针对技术改革的更平静、更负责任的态度。问题不是能够发现什么样的科学，或能够发展出什么样的应用科学，而是我们是否愿意盲目地使我们的文明服从于那由无生命的物体构成的抽象的半神。

检验我们的动态以及它们将如何被改变的其中一条途径是，问我们自己，我们在自己的社会中奖励和惩罚的是什么。我认为，如果你开列了自己的清单，结果发现，大多数我们奖励之事都有违公共利益，而大多数我们阻止甚至惩罚之事却有益于公共利益，你将大吃一惊。

我从一开始就曾论及我们向无意识的滑落以及我们对不平衡的敏感性。我们可以称此为无意识的不平衡或不平衡的无意识。它们会相互滋养。但假如一个社会坚持首先奖励会削弱它的东西，惩罚可加强它的东西，那么可以肯定，它是不平衡和无意识两者在临床上可识别的牺牲品。

所以，如果我们矫正这种局面的最大希望不在于渐进式的改革，而在于我们动态中的改变，那么，我们理解那一动态的能力，就存在于我们利用自己的意识并向某种均衡状态前进的能力。

但是，像均衡这样的概念肯定是柔和、模糊的，是远离由失业和全球竞争构成的现实的吗？其实不是。我们只会将那些相对简单的问题看作无法控制的谜题，很大程度上，这种无力感来自我们无力像一个陪审团也许会做的那样利用自己的不同素养。陪审团通过合理的怀疑路线来着手解决问题。也正是合理的怀疑使得它完全有可能想象一种动态的变化，例如，全体公民的正规化参与或还原为公共事业的金融市场。

这种均衡观念不是新出现的。像其他许多观念一样,自雅典时代起,它就以一种可辨识的形式与我们相伴而行。思想家们一直致力于要么辨别人类状况之构成元素,要么辨别人类可以调用的素质。

一点也不奇怪,柏拉图感兴趣的是人类状况之构成元素。这位理论家的兴趣在于人类必须服从的是什么。柏拉图说,存在三种元素:第一,理性;其次,勇气或激情;最后,某种可以称作情绪或感官欲望的东西——食与色。这三种元素——理性、勇气和肉欲——构成了精神。没有人能够逃过它们。我们可以平衡地利用它们,或是沦为这个或那个的牺牲品,或是在正确的时刻使用每一种。

中世纪教会的信仰、希望和慈善也可以被视为人类状况之特征。它们是无法逃避的。它们施加被动性。上帝把它们灌输到我们心中。

另一方面,希腊化时期思想的四种主要美德,是一种辨别人类在不同的生活局面中可加调用的素质的努力:公正、克己、谨慎、坚韧。托马斯·阿奎那在中世纪牢牢抓住这些,将它们鉴别为"政治美德"或"人类美德"。[9] 信仰、希望和慈善是超自然的,因而

第五章 从意识形态到均衡状态

是不可避免的。人类可以获得公正、克己、谨慎和坚韧，为了更大的善的利益而使用它们。想一想我在前文提起过的亚当·斯密的道德文章。他把人类关系放在对彼此的同情的基础之上。但他将那种同情的实践放在三种美德的基础之上：举止得体、慎重周详、仁慈善良。你可以看到，阿奎那对他的影响是多么大。你也再次可以看出，斯密会如何深深地厌恶芝加哥经济学派和新保守主义者。

阿奎那之前的圣奥古斯丁（St. Augustine）鉴别了三种品质：记忆、理性和意志。但令所有人文主义思想家感兴趣的是个体在某种均衡状态中设法使用自己的才干的能力。使人之所以为人的是平衡其行为的能力。

"我们知道什么是善，"欧里庇得斯（Euripides）写道："但不去践行它。"因此，意识的真正特性不是简单的知识，而是对我们素质的平衡利用，这样一来，我们的所知和所言都与我们的所为联系在了一起。处于最佳状态的人文主义者会推进贯彻最具可能性的均衡状态。它是种使意识形态的狭隘的确定性变得不可能的平衡行为。

荣格似乎对这是否可能持着乐观和悲观交替的看

法。"自然……不是那么不吝恩赐，所以她将高度的智慧与心的赠予也结合了起来。"[10]在20世纪的基督教人文主义者中，托马斯·默顿（Thomas Merton）对这种冲突的表达也许最出色："作为一种理性的动物活着，并不意味着像一个人似地思考和像一个动物似地生活。我们必须同时作为人去思考和生活。"

至于这些列成清单的素养，在我看来，我们的祖先似乎总是过分沉迷于"三"这个数字的各种神秘意义。可以肯定，人文主义的奇迹至少有权利将那些构成三角形的素养翻倍。

同样，这样一张清单不可能有助于先辈们，但会受到他们的影响。鉴别其元素之举至少充满了两类危险。其一，滑入从本质上看属于我们状况的柏拉图特质或宗教特质之中，我们必须服从于这些特质。那是一种会变成无意识的空想家的危险。其二，错误地阐释那些因动用我们的素养而产生的特征的基本性质。

因此，某些人会认为，同情是一种基本的人类素养。我要说，是的，它是对我们的人道主义的根本性表达。但当它们在一种相对成功的均衡状态中发挥作用时，它是我们的基本素养的产物。至于对我们自己

第五章 从意识形态到均衡状态

或他人的仇恨——我称之为自我厌恶或容忍——则是不均衡状态的产物。

在我看来，人类素养的明智清单如下：常识（common sense），创造性（creativity）或想象力（imagination），伦理（ethics）[不是道德（morality）]，直觉（intuition）或本能（instinct），记忆（memory），最后是理性（reason）。

我是依照字母顺序来排列所有这六种素养的，因为我不相信，制造重要性或优先权之顺序的努力会对均衡状态有所帮助。

你们中的一些人苦于直觉和常识之类的术语的误用——例如，用来掩盖迷信和无知——这些人也许会坚持认为，无论是直觉还是常识都不属于任何基本的人类素养清单。从一开始，它们便无法作为素养而存在，因为它们不可能得到准确定义。

但这六个词语中，没有一个是可定义的。例如，才华横溢的哲学家们和哲学教授们以数千种方式给理性以定义。这些定义并未使我们更加接近对我们的推理能力的理智应用，或使我们更加接近对我们的推理力的人性化应用。而理智一词在 20 世纪的使用频率与常识、创造性、伦理、本能或记忆的使用频率相当（若是没有超过的话），其目的是为可怕的不公正行为辩护。

换言之，这些素养不能得到有用的定义，而只能被定义为抽象概念，而它们不是抽象概念。一种素养可直接适用于现实。只有通过使用和误用才可理解它。正是因为如此，我才在前一章中花时间去嘲笑将理性分为两个部分的技术性划分：作为一切人类思考之神性的理性，以及作为神性的影子的工具理性。

当然，每种素养都永远向检验和讨论开放。但没有一种素养可以被一种知识练习固定在一个基座之上。它们不是通过词典编纂者的工具以其真实含义被定义，而是通过它们的彼此关系被定义。它们被并置一处，以某种平衡手段被加以利用，各自都承担了某种对自我的缓释，可以被视为是合理的。

这些素养是人性的基本工具。用更具挑衅性的措辞来说，它们是我们在只能被称作是一场针对意识形态的持续战争的过程中所使用的武器。其中有开启我们的无意识的自我厌恶的钥匙。这些素养中的任何一种，若是脱离了其他素养，被当作一种特殊价值本身来使用，那么它就会变成意识形态的工具。

回顾我们一长串的不幸经验：教会把**伦理**当作其从上帝那里得来的合法性之源泉来利用；专制帝王声称自己拥有通过**记忆**——即通过家谱——得来的合法性之权利；革命者诉诸**创造性**的魔力，以使突破对大多数人而言也许一直是可以接受的状况的行为合法化；**本能**被用作开启通向种族优越性之门的钥匙；**常识**被用来为赤裸裸的私利的最明目张胆的应用辩护；而**理性**，在其最近的变形中，被用来为法团主义这一围绕着个体公民的非人性化而建造的体系本身辩护。

想一想法国有关抽象理性与浪漫记忆的孪生迷思，它们与德国有关本能和记忆的浪漫迷思斗争了一个世纪。当时，在第二次世界大战之后，在流了足够多的鲜血之后，法德双方都各退一步，在一时的清醒觉悟之中，突然间意识到了它们的迷思的并非无所不包的性质。我想，你也许会认为，过去40年的法德联盟是人类素养的引人注目的成功运用。记忆还在，理性和本能也没有退场。但这三种素养一直在相互制约以求平衡。然后常识这一强有力的元素以及某些伦理标准加入进来。我想，你也许会说，没有足够的伦理标准。想象力在这之中的缺席，使得这些亲密无间的伙伴几乎人为地被分开了。不过，所涉及的这些素养的多样性还是带来了应有的成功。

有些人认为，这种或那种素养永远都是不充足的。例如，伦理——它怎么会需要受到其他影响的限制？好吧，问一问那些因诸如红色旅（Red Brigade）之类的运动的伦理确定性而牺牲的人。还有一些人把自己与理性热情似火地捆在一起。但他们选择忘记其历史。让我最后一次引用埃米尔·涂尔干那最为重要的反民主、反人性的话语："法人团体的另一项任务由去除常识的合法性构成。"[11]为了什么？为了理性，它是法团主义的受乞求的神明。

或者，下面是约翰·斯图尔特·穆勒（John Stuart Mill）的话：

> 有种看法认为，凭借本能或意识可获知人类思想之外的真知灼见……有人说服我相信，在这些年来，这种看法是对错误的教条和糟糕的制度的知识上的巨大支持……从未有过这样一种旨在使根深蒂固的偏见神圣化的工具。[12]

没错。可是，想一想国际金融市场。这些市场是创造力在其最不负责任和最无灵感的状态下的发明创造。它们的运作需要最复杂的理性技能。常识或伦理，甚至对过去的投机繁荣的记忆，都应当被用来反对这种危险的混乱失序状态。正在一点一点地到来的，是来自公众的本能反应，他们尽管已经获准了解一点儿事情的进展，却完全不知道，我们正在滑入一条危机四伏的虚幻之路。他们感到，这个复杂的全球市场不可能是没有限制的抽象概念，在正常的世界中，总是会有投机的空间。但投机狂热不可能有好结果。这就仿佛某些运动员整晚上地胡吃海塞，狂欢舞蹈。他们的比赛会因此蒙难。

至于记忆，也许它是第一个将我们与市场和无生命的机器区分开来的素养。市场和机器都没有任何记忆。另一方面，如果我们使用自己的意识，就能够知道自己已经做过的事及其影响。法国小说家勒·克莱齐奥（Le Clézio）说："艺术之构成是将对过去事情的记忆带至表面。但作者不是 passéiste，即崇拜过去的人。他与历史——与记忆——联系在一起，而记忆又与共同的梦想联系在一起。"那个共同的梦想是公共利益的一个组成部分。它是既充当了警告者又充当了引路人的去除了私利的过去。

可以肯定，那些在金融市场中的人的高度理性的素养，并无助于他们获得一种平衡的态度。詹巴蒂斯塔·维柯（Giambattista Vico）在18世纪初抱怨说，理性是"一种判断哲学"。[13]维柯看到了更多使用记忆、常识和伦理的必要性。毫无疑问，正是理性对自身的裁决性的自我肯定导致了纯投机经济的增长和繁荣。不过，也正是理性的裁决力，在与其他素养一起得到正确使用的情况下，使我们得以理解自己的记忆和本能的意义。

我在这五章中描述的是一种封闭在一种意识形态——法团主义——的掌握之中的文明——我们的文明。一种会否定和破坏作为民主政体中的公民的个体之合法性的意识形态。这种意识形态的特殊的不平衡，导致了对私利的推崇和对公共利益的否定。法团主义声称属于自己的特质是理智。其对个体的现实影响，是在重要领域中的被动性和从众性，以及在非重要领域的不顺从主义。

我谈到，我们最需要的是逃脱乌托邦的梦

魇——我们自己的特别的乌托邦梦魇。从我们的局势内部看,这似乎是不可能的。托马斯·杰弗逊(Thomas Jefferson)是现代最成功的政治家之一,尽管他像我们其余人一样,犯了许许多多的错误,却在尽其所能地追寻均衡状态。他指出,大量的均衡状态都存在于你用以靠近现实的方式之中。如果方法平衡得当,"你心目中的棘手难题就会迎刃而解"。[14]我们的素养的并置呈现,导致了均衡自身的力量,普通的分析无法对之做出知识上的鉴别,但它廓清了我们的局面,为行动开辟了更为清晰的康庄大道。荣格和弗洛伊德也许会称之为意识的力量。我则称之为均衡力。

最近,我在韩国最南端靠近古老的皇家首都庆州(Kyongju)的地方,目睹了这种平衡的物理体现。在位于深谷之中的一条河的岸边,一位伟大的儒家思想教育家在于1516年弃官归隐之后,为自己建造了一栋退休住宅。直到那时,他一直用于治理他人的五种儒家品质是文、仁、君子、礼和德。文指和平之艺,仁指良善之艺,君子指与狭隘、刻薄相反的高贵行为,礼指合度或优雅之艺,最后,德指公正地使用权力之艺。正如你可以看到的,这些都与我们有关人类素养的观点惊人地相似。

他建造的房屋体现了那些品质。我与它相遇时，因为不能辨识其原因，所以无动于衷。最初，我甚至不曾有意识地去看那座房屋。尽管它兼具朴素和与所在地融合为一的特点，但这两个特点并不是多么重要。这里没有那个人的自我的丝毫痕迹。没有理由认为，他建造房屋并不是要找到一种方法，使之成为所在之地的组成部分。但我看的时间越长，我就越可以理解某种体现和谐之处。优雅，是的，但最重要的是自身的和谐以及与自然的和谐。它的材料，无数道无所依附的墙壁，屋檐线，全都与周围的土地、岩石和河床融为一体。墙壁与层层巨石、平瓦和生陶土结为一体，从而将群山与复杂的人工技艺连同周边的土地结合在了一起。就连墙后的亭子也给人一种若隐若现的感觉。不过，当我走过走廊时，就仿佛人在依照一种考虑周全的商籁体节奏从一处漂向另一处似的。

我并不是在建议，我们都应该致力于依照一位伟大的儒家教育家所达到的和谐程度去生活。我也不是在说，那种和谐状态甚至适合于民主政体之平衡。但我们应当致力于那通向均衡状态的持续运动。

第五章 从意识形态到均衡状态

我在那座屋子中发现的是平衡的个人主义的表达——他的表达。我们的表达要粗鄙得多。它取决于公民对公共利益的承诺。这是义务的真正含义。那些统治者或掌权者无法一边提及义务,一边否定共同利益和公民的真正合法性。

伟大的公众人物威尔弗里德·劳里埃(Wilfrid Laurier)在晚年发动了最终将终结所有的殖民帝国的过程,他在梅蒂人叛乱(Métis Rebellion)刚结束、路易斯·瑞尔(Louis Riel)刚被绞死后挺身而出,说:

> 可憎的……不是叛乱,而是诱发叛乱的专制统治;可憎的不是反叛者,而是享用着权力却不履行权力所带来的责任的人;他们是拥有纠正错误的权力却拒绝倾听送到他们眼前的请愿者的声音的人;他们是当人们向他们乞求面包时却给了他们石头的人。[15]

这些话今天用在法团主义领袖身上是再合适不过了,当他们被召集来应对五千多万现代卢德派分子和我们不断下降的生活水平时,他们却在为全球化以及市场和技术的无形之手的必然性陈情。

根据西方的经验,均衡状态不仅取决于批评,而且取决于在公共场合的不顺从。只有当反盲从使得我们的全部素养和长处得到利用以维持不确定性所带来的张力时,远离意识形态的幻想、通向现实的道路才是行得通的。经过检验的生活带来了不确定性的长处。它为怀疑而欢呼。

常识、创造力、伦理、直觉、记忆和理性,这些都有可能被分别用来为意识形态辩护,或是被囚禁在抽象概念的迷失之域中。或者,它们也可以在某种均衡状态中共同得到应用,充当公共行为的过滤器。

不确定性的好处是,它不是一种令人安适的观念,但一种以公民为基础的民主政体可以在参与基础上得到建立,而参与正是永久的不适感的表达。法团主义体系依靠的是公民对内心安适感的渴望。均衡状态取决于我们对现实的认知,它是对永恒的心理不适感的接受。接受心理上的不适感就是接受意识。

万圣岛,1995年

致 谢

我要感谢加拿大广播公司（CBC）的伯尼·勒克特（Bernie Lucht）的支持，以及菲利普·库尔特（Philip Coulter）对本演讲系列的全方位的全力支持。感谢梅西学院的院长约翰·弗雷泽（John Fraser）的热忱欢迎，感谢阿南西的唐·巴斯蒂安（Don Bastian）的极其有益的评论。

非常感谢大卫·威斯（David Weiss）的精力充沛、坚持不懈的研究的原创性，还要感谢劳拉·罗巴克（Laura Roebuck）的建议和组织，感谢多尼娅·佩罗夫（Donya Peroff）有效地恰当应对时间的压力，感谢鲍勃·雅各布斯（Bob Jacobs）和史蒂夫·鲍伊德（Steve Boyd）。

当然，还要感谢埃德里安娜（Adrienne）。

注 释

前言

[1] 尤尔根·哈贝马斯（Jürgen Habermas）、理查德·罗蒂（Richard Rorty）和莱谢克·科拉科夫斯基（Leszek Kolakowski）著，约瑟夫·尼茨尼克（Józef Niżnik）和约翰·T. 桑德斯（John T. Sanders）编：《论哲学的状态》（*Debating the State of Philosophy*），康涅狄格州韦斯波特：普雷格出版社（Praeger），1996年，第29页。

第一章 大倒退

[1] 索尔兹伯里的约翰（John of Salisbury）著，CC.J. 韦伯斯（CC.J. Webbs）编：《政治学》（*Policratus*），第1卷，第19页。

[2] 阿历山德罗·曼佐尼：《约婚夫妇》（*The Betrothed*），伦敦：企鹅经典丛书，1972年，第19页。

[3] 亚当·斯密：《国富论》（*An Inquiry into the Nature and the Wealth of Nations*），伦敦：企鹅经典丛书，1986年，第 I—III 册，

第421—431页。第一版出版于1776年。

[4] 同上书，第157页。

[5] 同上书，第104页。

[6] 约翰·基根：《战争史》(*A History of Warfare*)，多伦多：佳酿出版社(Vintage)，1994年，第56页。

[7] 爱德华·勒特韦克：《世界报》(*Le Monde*)的一次访谈，1995年6月5日，第11版。

[8] 亚当·斯密：《国富论》，印第安纳波利斯：哈克特出版有限公司(Hackett Publishing Co.)，1993年，第178页。此版包括了第四册和第五册的编辑版。

[9] 《意大利革命的继承者：詹弗兰科·菲尼的不可遏制的崛起》("Heir of Italy's Revolution: The Irresistible Rise of Gianfranco Fini")，载于《欧洲杂志》(*The European Magazine*)，1995年8月，第24—30页。

[10] 《金融时报》(*The Financial Times*)，伦敦，1995年5月22日，第6版。

[11] 艾米尔·阿贾（罗曼·加里）[Emile Ajar (Romain Gary)]：《假名》(*Pseudo*)，载于《法兰西信使》(*Mercure de France*)。

[12] 罗伯特·格兰特(Robert Grant)：《我们时代的思想家：奥克肖特》(*Thinkers of Our Time: Oakeshott*)，伦敦：克拉里奇出版社(Claridge Press)，1990年，第15页。这些引言的建构直接承自格兰特，他是奥克肖特的崇拜者。

[13] 同上书，第62页。这些表述同样承自格兰特。

[14] 《世界报》(*Le Monde*)，1995年2月24日。

[15] 《哈泼斯》(*Harper's*)，1995年3月，第43—53页。

[16] 与M. T. 凯利的交谈，1995年6月。

[17] 彼得J. 威廉姆森(Peter J. Williamson)：《论法

团主义：法团主义理论导读》(*Corporatism in Perspective: An Introductory Guide to Corporatist Theory*)，纽约：塞奇出版社（Sage Publishers），1989年，第26页。

[18] 西塞罗著，C. W. 凯耶斯（C. W. Keyes）译：《论法律》(*De Legibas*)，第三卷，3.8，洛布古典丛书版，第467页。

[19] 柯林·莫里斯（Colin Morris）：《个体的发现》(*The Discovery of the Individual*)，多伦多：多伦多大学出版社（University of Toronto Press），1987年，第1050—1200页。不只是这个引文，本书中所表达的有关个体重生的许多态度都出自这部杰出的著作。我还要推荐沃尔特·乌尔曼（Walter Ullmann）的《中世纪的个体与社会》(*The Individual and Society in the Middle Age*)，尽管我对他有关早期个人主义的阐释持略有不同的意见。

第二章 从宣传到语言

[1] 詹姆斯·希尔曼和迈克尔·文图拉（Michael Ventura）：《我们进行了一百年的心理治疗——而世界正变得越来越糟》(*We've Had d Hundred Years of Psychotherapy—and the World's Getting Worse*)，旧金山：哈珀柯林斯出版社（HarperCollins），1992年，第200页。

[2] 戈登 A. 克雷格（Gordon A. Graig）：《德国人》(*The Germans*)，纽约：子午线图书公司（A Meridian Book），1991年，第222页。

[3] 来自让·拉库蒂尔（Jean Lacouture）在多伦多梅西学院（Massey College）的一次演讲，1994年11月22日。

[4] 戈登 A. 克雷格：《德国人》，纽约：子午线图书公司，1991年，第323页。

[5] 同上书，第219页。

注释

[6]《国际先驱论坛报》(*The International Herald Tribune*),1995年6月3—4日,第5版。

[7] 古斯塔夫·福楼拜:《接受的思想、格言和想法词典》(*Dictionnaire des Idées Reçues et Maximes et Pensée*),巴黎:安德雷·西尔瓦里编辑本(Editions André Silvaire),1991年,第110页。原文为:"La censure quelle qu'elle soit me paraît une monstruosité, une chose pire que l'homicide; l'attentat contre la pensée est un crime de lèse-âme. La mort de Socrate pèse encore sur le genre humain."

[8] 莱昂纳多·夏侠:《埃及议会》(*Le Conseil d'Egypte*),巴黎:弗里欧出版社(Folio),1983年,第131页。最早的意大利版本——*Il Consiglio d'Egitto*,都灵:埃纳迪编辑版(Einandi editore),1963年。

[9] 安东尼·斯托尔(Anthony Storr):《荣格必读经典》(*The Essential Jung*),普林斯顿:普林斯顿大学出版社(Princeton University Press),1983年,第371页。

[10] 同上书,第369页。

[11] 伊凡·克里玛:《布拉格精神》(*The Spirit of Prague*),伦敦:格兰塔图书公司(Granta Books),1994年,第80页。

[12] 这是詹姆斯·希尔曼和迈克尔·文图拉的著作的标题。《我们进行了一百年的心理治疗,而世界正变得越来越糟》,旧金山:哈珀柯林斯出版社,1992年。

[13] 安东尼·斯托尔:《荣格必读经典》,普林斯顿:普林斯顿大学出版社,1983年,第351页。

[14] 同上书,第395页。

[15] 詹姆斯·希尔曼和迈克尔·文图拉:《我们进行了一百年的心理治疗,而世界正变得越来越糟》,旧金山:哈珀柯林

斯出版社，1992年，第103页。

［16］ 荷马著、E. V. 基夫（E. V. Kieu）译：《伊利亚特》（*Iliad*），伦敦：企鹅经典丛书，1977年，第27、130、293、320页。

［17］ 安东尼·斯托尔：《荣格必读经典》，普林斯顿：普林斯顿大学出版社，1983年，第123页。

［18］ 格雷戈里·弗拉斯托斯：《苏格拉底：讽刺家和道德哲学家》（*Socrates: Ironist and Moral Philosopher*），剑桥：剑桥大学出版社（Cambridge University Press），1992年。所有这些比较都源自弗拉斯托斯教授的这部杰出著作。有关那些对照的总结见第二章。《理想国》（*The Republic*）的分解，见注释2.1。

［19］ 同上书，第53页。

［20］ 沃尔特·乌尔曼：《中世纪的个体与社会》（*The Individual and Society in the Middle Age*），巴尔的摩：约翰·霍普金斯出版社（The John Hopkins Press），1964年，第102页。

［21］ 加拿大政府：《世界中的加拿大——政府公告》（*Canada in the World—Government Statement*），1995年，渥太华。

［22］ 特劳特·拉法斯基（Traute Rafalski）：《社会规划与法团主义》（*Social Planning and Corporatism*），载于《政治科学期刊》（*Journal of Political Science*），1988年春，18（1），第10页。引文转引自保罗·温加里（Paolo Ungari）：《阿尔弗雷多·罗科与法西斯主义司法理念》（*Alfredo Rocco e l'ideologia giuridica del fascismo*），布雷西亚，1963年。

［23］ 纳粹语言的例子见戈登A.克雷格的《德国人》第14章。

［24］ 丹尼斯·马克·史密斯（Denis Mack Smith）：《墨索里尼》（*Mussolini*），伦敦：帕拉丁出版社（Paladin），1983年，第145页。

［25］ 罗伯特·欧文：《社会新论与其他杂著》（*A New View of Society and Other Writings*），伦敦：企鹅经典丛书，1991年，第84页。

[26] 亚当·斯密:《国富论》,第120页。

[27] 戈登 A. 克雷格:《德国人》,纽约:子午线图书公司,1991年,第105页。

[28] 乔纳森·斯威夫特:《格列弗在世界上的几个遥远国度的游记》(*Gulliver's Travels into Several Remote Nations of the World*),伦敦:邓特出版社(Dent),1894年,第226页。

第三章 从法团主义到民主政体

[1] 大卫·休谟著、弗里德里克·沃特金斯(Frederick Watkins)编:《政治理论》(*Theory of Politics*),尼尔森出版社(Nelson),1951年,第81页。出自《政府的起源》(*The Origin of Government*)第七章的开场白:"关于政府的起源……"

[2] 尼古拉斯·菲利普森(Nicholas Phillipson):《休谟》(*Hume*),伦敦:韦登费尔德和尼科尔森出版社(Weidenfeld and Nicolson),1989年,第15页。

[3] 同上书,第15页。

[4] 亚当·斯密:《国富论》,伦敦,企鹅图书,1986年,第169页。

[5] 同上书,第200页。

[6] 柯林·莫里斯:《个体的发现》,多伦多:多伦多大学出版社,1987年,第73页。

[7] 沃尔特·乌尔曼:《中世纪的个体与社会》,巴尔的摩:约翰·霍普金斯出版社,1964年,第34页。

[8] 同上书,第56—57页。

[9] 同上书,第133页。

[10]《里沃兹的埃尔雷德的修道院理论:实验理论》(*The Monastic Theory of Aelred of Rievaulx*:*An Experimental*

Theology），高隆庞·希尼（Columban Heaney）、O.C.S.O. 译，托马斯·默顿（Thomas Merton）序，西斯特教团出版物（Cistercian Publications），马萨诸塞州，斯潘塞，1969年，第144页。

［11］ 沃尔特·乌尔曼：《中世纪的个体与社会》，巴尔的摩：约翰·霍普金斯出版社，1964年，第137页。

［12］ 蒂莫西·考夫曼－奥斯本（Timothy Kaufman-Osborn）：《埃米尔·涂尔干与法团主义科学》（Emile Durkheim and the Science of Corporatism），载于《政治理论》（*Political Theory*），第14期第4号，1986年11月。

［13］ 罗伯特·格兰特：《我们时代的思想家：奥克肖特》，伦敦：克拉里奇出版社，1990年，第73页。

［14］ 彼得·F. 德鲁克（Peter F. Drucker）：《真正重塑政府》（Really Reinventing Government），载于《大西洋月刊》（*The Atlantic Monthly*），1993年2月，第61页。

［15］《世界报》，1993年6月9日。克劳德·西尔伯扎恩先生（Monsieur Claude Silberzahn）。原文为："La quête extraordinaire et effrénée de l'argent sous toutes ses forms…la corruption des élites…les classes dominantes de la politique et de l'économie dans une large partie du monde pour lesquelles l'argent n'a pas d'odeur."

［16］ 考夫曼－奥斯本：《埃米尔·涂尔干与法团主义科学》，载于《政治理论》，第14期第4号，1986年11月，第640和653页。

［17］ 特劳特·拉法斯基：《社会规划与法团主义》，载于《政治科学期刊》，1988年春，18（1）。

［18］ 菲利普·施密特：《还是法团主义的世纪吗？》（"Still the Century of Corporatism?"），《政治评论》（*Review of Politics*），第36卷，第1期，1974年，第85页。

［19］ 沃纳·阿贝斯豪瑟（Werner Abelshauser）：《第一个

后自由国家：现代法团主义在德国的形成阶段》("The First Post-Liberal Nation: Stages in the Development of Modern Corporatism in Germany")，载于《欧洲历史季刊》(*European History Quarterly*)，第4卷，第3期，1984年7月，第293页。

[20] 丹尼斯·马克·史密斯(Denis Mack Smith):《墨索里尼》(*Mussolini*)，伦敦：帕拉丁出版社(Paladin)，1983年，第95页。

[21] 安东尼·斯托尔:《荣格必读经典》，普林斯顿：普林斯顿大学出版社，1983年，第377页。

[22] 古斯塔夫·福楼拜:《接受的思想、格言和想法词典》，巴黎：安德雷·西尔瓦里编辑本，1991年，第145页。

[23]《泰晤士报文学副刊》(*Times Literary Supplement*)，1995年2月16日，第25版。

[24]《环球邮报》(*The Globe and Mail*)，1993年1月10日，第A12版。

[25] 克里斯托弗·希尔(Christopher Hill):《上帝的英国人》(*God's Englishman*)，伦敦：韦登费尔德和尼克尔森出版社，1970年，第104页。

[26] 莱昂·库维尔:《在暴风雨中飞翔》(*Piloter dans la Tempête*)，蒙特利尔：魁北克/美国出版社(Québec/Amérique)，1994年，第33和38页。

[27] 罗伯特·麦克纳马拉:《追忆：越南的悲剧和教训》(*In Retrospect: The Tragedy and Lessons of Vietnam*)，纽约：时代图书公司(Times Books)，1995年，第6页。

[28] 德博拉·沙普利(Deborah Shapley):《承诺与权力：罗伯特·麦克纳马拉的生平和时代》(*Promise and Power: The Life and Times of Robert McNamara*)，波士顿：小布朗出版社(Little Brown)，1993年，第408页。

[29] 同上书，第513页。

[30] 罗伯特·欧文:《社会新论与其他杂著》,伦敦:企鹅经典丛书,1991年,第55页。

[31] 戈登 A. 克雷格:《德国人》,纽约:子午线图书公司,1991年,第232页。

[32] 德博拉·沙普利:《承诺与权力:罗伯特·麦克纳马拉的生平和时代》,波士顿:小布朗出版社,1993年,第143页。

[33] 《环球邮报》,1995年8月15日,第A9版。

[34] 彼得·F. 德鲁克:《真正重塑政府》,载于《大西洋月刊》,1993年2月,第49页。

[35] 柏拉图:《苏格拉底的最后时光》(*The Last Days of Socrates*),伦敦:企鹅经典丛书,1975年,第73页。

[36] 约书亚·史洛坎船长:《独自环球航行》(*Sailing Alone Around the World*),纽约:谢里登·豪斯出版社(Sheridan House),1993年。1899年的原版重印。史洛坎船长出生于新斯科舍(Nova Scotia),居住在马萨诸塞州,他花了三年时间——1895—1898年——乘着他37英尺的船环绕地球一周。

[37] 《哈泼斯》,1995年3月,第49页。

[38] 《欧洲人报》(*The European*),1995年8月10—16日,第11版。

[39] 西尔维斯特·史泰龙(Sylvester Stallone),《悼念》(*Tribute*)杂志,1995年夏。

[40] 丹尼斯·马克·史密斯:《墨索里尼》,伦敦:帕拉丁出版社,1983年,第29页。

[41] 乔治·格兰特:《技术与帝国:北美视角》(*Technology and Empire: Perspectives on North America*),多伦多:阿南西之家出版社(House of Anansi),1969年,第46页。

[42] 阿尔文·托夫勒和海蒂·托夫勒(Heidi Toffler):《创

造一种新文明：第三世界的政治》(*Creating a New Civilization: The Politics of the Third World*)，亚特兰大：特纳出版有限公司(Turner Publishing, Inc.)，1995年。该书前言的作者是纽特·金里奇。引文见第92、94和101页。

[43] 威廉·皮特，英国下议院，1783年11月18日。

第四章 从管理者和投机商到增长

[1] 罗伯特·欧文：《社会新论与其他杂著》，伦敦：企鹅经典丛书，1991年，第96—97页。

[2] 《对美国而言，什么是正确的？》("What's Right with America？")，载于《麦考尔杂志》，1929年11月18日。

[3] 国际清算银行(Bank for International Settlements)：《第60次年度报告》(60th Annual Report)，巴塞尔，1990年6月11日。

[4] 莱昂·库维尔：《在暴风雨中飞翔》，蒙特利尔：魁北克/美国出版社(Québec/Amérique)，1994年，第31页。原文为："Une science, la gestion? Mais non, tout juste un ramassis de méthods qui ont fait recette pendant quelques années d'abondance et de croissance économique. Maintenant, les recettes sont désuètes et les entreprise qui s'obstineront à les suivre disparaîtrant." 有关学校的参考资料在第37页。

[5] 亚当·斯密：《国富论》，第152和437页。

[6] 克伦威尔，转引自亚当·斯密：《国富论》，第234页。

[7] 格利高里 J. 米尔曼(Gregory J. Millman)：《野蛮人的皇冠》(*The Vandal's Crown*)，纽约：自由出版社(The Free Press)，第107页。

[8] 埃尔顿：《宗教改革时期的欧洲》(*Reformation*

Europe)。例见第 233、234 和 311 页。

［9］《美国经济理论家告诉中欧该如何做》("U. S. Economic Theorist Tells Central Europe How It's Done"),载于《布拉格邮报》(*The Prague Post*),1995 年 5 月 31 日,第 7 版。

［10］《世界报》,1995 年 5 月 16 日,第 4 版。

［11］ 罗伯特·海尔布罗纳:《21 世纪的资本主义》(*Twenty-first Century Capitalism*),1992 年的梅西演讲系列,多伦多:阿南西之家出版社,1992 年,第 87 页。

［12］《多伦多星报》(*The Toronto Star*),1995 年 8 月 24 日,第 A10—A11 版。

［13］ 罗伯特·欧文:《社会新论与其他杂著》,伦敦:企鹅经典丛书,1991 年,XXVI。

［14］ 同上书,第 6 页。

［15］ 亚当·斯密,《国富论》,第 200—201 页。

［16］ 荷马著、E. V. 基夫译:《伊利亚特》,伦敦:企鹅经典丛书,1977 年,第 304 页。

［17］ 大卫·休谟:《论商业》(Of Commerce),载《道德、政治和文学随笔》(*Essays: Moral, Political and Literary*),印第安纳波里斯,自由经典丛书(Liberty Classics),1985 年,第 266 页。

［18］ 国际清算银行:《第 63 次年报》,巴塞尔,1993 年 6 月 14 日,第 218 页。

［19］ 亚当·斯密:《国富论》,第 176、181、184 页。亦见第 183 和 201 页。

［20］ 叶礼庭(Michael Ignatieff):《论公民社会》(On Civil Society),载于《外交事务》(*Foreign Affairs*),1995 年 3/4 月,第 130 页。

［21］ 格利高里 J. 米尔曼:《野蛮人的皇冠》,纽约:自由出

版社，第 xi 页。

［22］ 大卫·休谟，《论金钱》（Of Money），载《道德、政治和文学随笔》，第 281 页。

［23］ 亚当·斯密，《国富论》，第 392 页。

第五章 从意识形态到均衡状态

［1］ 戈登 A. 克雷格：《德国人》，纽约：子午线图书公司，1991 年，第 28 页。

［2］《国际先驱论坛报》，1994 年 5 月 9 日第 3 版。

［3］ 阿尔贝·加缪（Albert Camus）：《第一人》（*Le Premier Homme*），巴黎：伽里玛出版社（Gallimard），1994 年，第 66 页。

［4］ 同上书，第 66 页。

［5］ 沃尔特·乌尔曼：《中世纪的个体与社会》，巴尔的摩：约翰·霍普金斯出版社，1964 年，第 37 页。

［6］ 考夫曼－奥斯本，有关涂尔干的论文，第 652 页。

［7］ 闪电的例子全部引自诺贝尔奖得主、化学家达德利·赫施巴赫（Dudley Herschbach）向美国艺术与科学协会（American Academy of Arts and Sciences）提交的一篇论文，1994 年 1 月 12 日。

［8］ 柏拉图：《苏格拉底的最后时光》，第 7 页。

［9］ 沃尔特·乌尔曼：《中世纪的个体与社会》，巴尔的摩：约翰·霍普金斯出版社，1964 年，第 124—127 页。

［10］ 安东尼·斯托尔：《荣格必读经典》，普林斯顿：普林斯顿大学出版社，1983 年，第 394 页。

［11］ 涂尔干，引自考夫曼－奥斯本有关涂尔干的论文，第 649 页。

[12] 约翰·斯图尔特·穆勒:《自传》(*Autobiography*),见《作品集》(*Collected Works*),第1卷,第233页。

[13] 詹巴蒂斯塔·维柯:《维柯自述》(*Vie de Giambattista Vico écrite par lui-même*),巴黎:格拉塞特出版社(Grasset),1981年,第80页。《艾伦·彭斯的陈述》(*Présentation par Alain Pons*)。

[14] 致彼得·卡尔(Peter Carr)的信,1785年8月19日,载《托马斯·杰弗逊的生平和选集》(*The Life and Selected Writings of Thomas Jefferson*),纽约:现代图书馆(Modern Library),1944年,第373页。

[15] 在下议院的发言,1886年3月16日,载奥斯卡·道格拉斯·斯克尔顿(Oscar Douglas Skelton):《威尔弗里德·劳里埃爵士的生平及书信集》(*Life and Letters of Sir Wilfrid Laurier*),多伦多:牛津大学出版社(Oxford University Press),1921年,第321页。

作者简介

约翰·拉尔斯顿·索尔（John Ralston Saul），加拿大作家、政治哲学家、公共知识分子、加拿大公民协会（the Institute for Canadian Citizenship）联合创始人兼联合主席。1947年出生于渥太华，1972年获得伦敦国王学院博士学位，2009—2015年担任国际笔会（PEN International）主席。曾获加拿大总督文学奖、加拿大勋章、法国艺术与文字勋章等荣誉和奖项。出版作品覆盖小说、政治、哲学等领域，被翻译成25种语言，在36个国家出版。另著有《全球化崩溃》《均衡论》《天堂食客》等十余部作品。

译者简介

邵文实，南京大学古代文学专业博士，现为东南大学人文学院中文系副教授，曾任英国约克大学访问学者，在美国田纳西大学孔子学院任教三年。主要从事中国古代文学研究和英语翻译工作。已出版包括《赢者之师》《流氓的归来》《乌克兰拖拉机简史》《英国农民工小像》《远方之镜》《李安哲学》《媒体城市》等在内的译著30余部。

现代人小丛书

《培养想象》
- 诺思罗普·弗莱 _ 著

《画地为牢》
- 多丽丝·莱辛 _ 著

《技术的真相》
- 厄休拉·M. 富兰克林 _ 著

《无意识的文明》
- 约翰·拉尔斯顿·索尔 _ 著

《本真性的伦理》
- 查尔斯·泰勒 _ 著

《偿还：债务和财富的阴暗面》
- 玛格丽特·阿特伍德 _ 著

《叙事的胜利：在大众文化的时代讲故事》
- 罗伯特·弗尔福德 _ 著

《必要的幻觉：民主社会中的思想控制》
- 诺姆·乔姆斯基 _ 著

《作为意识形态的生物学：DNA 的原则》
- R. C. 列万廷 _ 著

《历史的回归：21 世纪的冲突、迁徙和地缘政治》
- 珍妮弗·韦尔什 _ 著

《效率崇拜》
- 贾尼丝·格罗斯·斯坦 _ 著

《设计自由》
- 斯塔福德·比尔 _ 著